捕蝶记

中国当代十二诗人诗选

游天杰
雪弟
编

陕西新华出版

太白文艺出版社·西安

图书在版编目（CIP）数据

捕蝶记：中国当代十二诗人诗选 / 游天杰，雪弟编
. -- 西安：太白文艺出版社，2023.10
ISBN 978-7-5513-2478-6

Ⅰ.①捕… Ⅱ.①游… ②雪… Ⅲ.①诗集－中国－
当代 Ⅳ.① I227

中国国家版本馆 CIP 数据核字（2023）第 173791 号

捕蝶记 —— 中国当代十二诗人诗选
BUDIE JI —— ZHONGGUO DANGDAI SHIER SHIREN SHIXUAN

编　　者	游天杰　雪弟
责任编辑	蔡晶晶　曹磊
封面设计	朱丽君
版式设计	阅客·书筑设计
出版发行	太白文艺出版社
经　　销	新华书店
印　　刷	西安市建明工贸有限责任公司
开　　本	880mm×1230mm　1/32
字　　数	182 千字
印　　张	13.5
版　　次	2023 年 10 月第 1 版
印　　次	2023 年 10 月第 1 次印刷
书　　号	ISBN 978-7-5513-2478-6
定　　价	68.00 元

诗歌给我们一束光！

目　录

吴子璇

张隽

施维

静山

朱柱峰

刘杏红

树懂

张乐恒

古东顺

吾平

黄小红

徐中哲

吴子璇

1996 年生，广东汕头人，教师、中国作家协会会员。有作品发表于《诗刊》《作品》《延河》《诗歌月刊》等；曾获东荡子诗歌奖·高校奖，著有诗集《玫瑰语法》《云端花事》。

桃花笺

天晴了
桃花盛开

为我打开
一个新世界

春日

在三月黑色小船上
彩蝶纷飞
暮色漫天袭来
爱我，就像爱我的雨伞
蓝低调。像一片异国的天空
我们穿过柳堤
更深沉的悲欢，如一味草药
反复斟饮

小幸福

我刚刚才洗完堆积的衣服
并把它们晒在阳光下

那些衣服随风轻舞
正渐渐晒干

春天自高处垂悬而下
我迷恋的仅仅是
摇曳之美

我现在，头脑一片空白
正畅快着呢
所以，别跟我说话

花在眠

万物闪耀的季节
每天蝴蝶在飞舞
没有写诗的日子
天空明媚而昏暗

想到"雕琢"一词
每一寸春光烂漫
我放开了你的手
就这样静静想念

花在眠，花未眠
无论我如何追赶
也仍觉遥远的路
把我摁进了火焰

轻

春光落在草坪上
我骑着马，莞尔一笑
红色的裙角轻轻飘动
柳梢在体内起伏

你在身后紧跟着
山峦羞涩躲开
这个阳光明媚的午后
爱情疯狂地奔跑

我慢下步伐
躺在一朵白云里
呼吸着芬芳的空城
任鸟鸣穿梭

爱一个诗人

爱一个诗人，就要爱他的诗
爱他在尘世没有低下去的头
爱他不为五斗米折腰

爱一个诗人，就要爱他隐居山林
爱他饮过的烈酒
爱他的疲惫、愁容和眼底的忧伤

爱他以贫穷为傲，并相信他
终将富有

硬汉

直到多年之后，翻过书卷上千
我才赢得一个机会站在你面前
与所有人相比，我们都是苦行僧
我用苦行僧的诡计掳获你宁静的心
见证你成为硬汉诗人，中国的赫拉克勒斯
不，也许你会不满足于这些称号
因为你和我一样，正踏入新的历史
你属于中国，你也属于我
江湖骗子纷纷扰扰，我还是要感谢他们
感谢他们让我和你一样黑白分明
感谢他们的废话让你的魅力爆发
"世俗的诽谤离间不了我们" [1]
诽谤越多，我的语言就越独立
我爱你的心就越独立

---

[1] 引自《勃朗宁夫人十四行诗》。

我是少女，你是菜花

我有马尾辫，长长的睫毛
单薄的腰身，正发育的胸部
帆布鞋、吊带裙和菩提手串
我站在山坡上，是个明亮的少女

你有鱼尾纹，轮廓分明的脸
凸起的青筋，发黄的牙齿
一双赤脚和左仙库上的痣
你立于田野中，是可口的菜花

琵琶扣

嫩嫩的黄，雀跃枝头
春天到了，恋爱的心也满了起来

镜子前，双手扣下好几颗琵琶扣
缓慢之极，仿佛时间是静止的

这漂亮的琵琶扣，是我小小的心事
那么小，却又那么醒目

这无声的、精致的心事
等待一个人，轻轻把它打开

棉城

转眼。又是春天
时间如彼岸，冷酷如你
我羞愧不已，在青山白云里
虚构美好的往事

风也旧了
我说的是花，每个人听到的
却是泥
直到第一朵木棉绽放

这时清晨已经长出了耳朵

寂静

我看见
遍地的雏菊和金黄
构成这个早晨

小径放慢了速度
我们歪着身子
在向日葵下
打开一本诗集随意翻阅

变低的天空
在光的书页上

我们在花海里翻云覆雨

阳光撩人，清风徐来。我们以360°的视角仰望天空，诗意喷涌的时刻，欢愉，失控，公路升向云中，数十亿的受精粉在天空中飞舞！你轻咬我的乳头，我们在花海里翻云覆雨，睡在爱人的身体里，看见一只鹰顺风滑行！

别无选择

这个清晨如此清新，如此空寂
正如你的眼睛一睁开时看到的那样

在民宿前的池塘里，我们要先清洗梦境
它精妙宛似拂过身体的微风
清晨流逝着，悄然旋进记忆里

曾经属于我的已经失去；不属于我的，反而
轻易得到。人生许多事情不能强求
求而不得的只会添加悲伤

既然肉身才是宽容自己的唯一空间
就让凡俗的灵魂紧紧搂抱凡俗的身体
怜惜它们的短暂吧

完美世界

高跟鞋灿若星辰
一种空前绝后的圆满出现在我心中
我没有时间悲伤
至少没有时间去想悲伤

这世间值得爱的事物太多
我爱城市的繁华，爱失去水分的龙眼
爱小药丸救人于无形
爱香奈儿高贵如白色山茶

安于此，勿思彼
即使幸福永远是不及物动词
我知道，我的身体经历过无数次的破碎后
依然很坚固

宜想念

整个下午只宜想你
叶子绿得要从树上滴下来
花从高束的领口开遍全身
一阵风吹过来
又一阵风吹过去
眼睛分不清日夜
疯狂地望向一个地方

恋

你无心出岫
只识得思念二字
以厌俗的心
坐拥整个世界
用尽所有感情
守望一人

风景线

几个旗袍美女走来
像啪地张开的花朵
新鲜的气息从花蕊里喷涌
我的身体在百花丛中
化成一阵雨

秋

你眼里脉脉含情，如同我深爱的秋天
我所有的稻穗，在你看我时弯下了腰
这个秋天，我的身躯前所未有地丰盈
你收割沉甸甸的我，谷仓就蓄满了

在路上

阳光烫灼着我的脸
鸟在树上不停地吐泡泡
从此，我以你为家
在异乡，在路上

青石路向蓝天伸展
我向你走来
一步步走向你
春风是全新的

一种简单的形式
淡淡的爱和关怀
或许是要求得不多
才能圆满

偶遇

一语就中的胭脂江南
龛外斜枝窗里人
黄色的花从领口开始
一路沿着斜襟绽放
旗袍的开衩顺着小腿垂下来
在阳光的照耀下
不紧不慢地泛出点点银光

花事

爱上你之后
你把我放在千里飘香的桃花阵中
让我永世无法跳脱出
你布阵的心若花海
春风正吹着不成调的夜歌
宛若打捞一场花事
月亮像行囊遥挂天上
我们私奔

信

在这里，在月光下写作
我感到寒冷。斑驳的树影下
只有音乐，和无梦的石头
沉睡于悲伤的影子里

回味日复一日的时光
我不再属于我，从那时候起
我不再属于任何人，而
这时光依旧属于我
"爱人啊，你走你的阳关道
我过我的独木桥"

整个夜晚月光照白了房屋，如同
巨大的痛苦倾洒在我的水域
而我选择了终生写作
带着生命的一切元素
和我所有的孤寂

在水之湄

我看见阳光愈轻愈远
就像那一抹变淡的云

少年还没有走
他彬彬有礼地钓鱼

傲慢的风拂过脸颊
流水洗净石头的形迹可疑

我记忆中的童年小木屋
和灰姑娘失落的水晶鞋

我踩踏着落叶
桃花就要开了

我偏爱在水之湄
星光下，他的眼里蓄满了水光

道生一

道生一，一生二，二生三，三生万物。

——《道德经》

燕子衔泥，良人来聚

道生一，雨后的泥土腥味和草木气息
道生一，我是被你催眠的猎物

春日有青草俯向我的双足
春日有水样的阳光无敌慷慨

春阳临窗，我的面容洁白如山茶
有口皆碑，我也要你一如既往地清白

黑色

黑色是最安全的色彩
就像胆汁是最甜的蜜

子夜

一只鸟似一滴墨
缓慢地，平静地
滴落

不灭

心里兜着风雨
以一轮明月建构
在故乡解构的温情
又在他乡重构

月桂树百丈高
我心里装着不同的人
像秋香瞬息间永生——
不温
不火
也不灭

我不谙世事

我想
乌鸦是最聪明的鸟
可惜天下乌鸦一般黑

我唯独在爱你时是纯洁的
没有光明，你就是光明
我喜欢这么想

路不拾遗的心
是庸俗者的小伎俩
灵魂并不比肉体更不朽

猛禽在天空盘旋
我们什么也不再需要
只需要月光

我扑哧一声笑了

诗歌是呈现自我的一种方式

　　我喜欢写诗，遇到美好或悲伤的人和事，用最温婉的句子写下来。我在诗歌世界里寻找一种惊艳之美，不厌其烦地记录成长、青春、爱情中的一切，从日常生活中提炼出个人体验，由此升华为诗情哲思，其中隐含着自己的精神追求和审美趣味。

　　站在写作的位置，回望过去的诗歌，我会被过去的自己内心的激情所打动，被那些一气呵成的节奏所震撼，即使有些文字现在看来不太成熟。我对爱情的追求、对美的追求，我的极端欣喜、失魂落魄，这种种难忘的状态，也即是诗歌展现出来的样子。

　　诗歌就是隐私，是一个干净、不受外界干扰的世界。只有在诗里，表达才可以变得放松，抒情才能毫无保留。不管何时，不管外界是如何喧嚣，我依然满足于一本书、一个本子、一支笔和一部手机，有这些物品相伴，时光就不再寂寞。我的诗写断续着、积累着，不知什么时候又会灵感迸发，无论如何那都是生活的馈赠。对诗歌技艺，在这里不再赘述，我更看重诗歌所蕴含的精神慰藉，至于技艺，那是锦上添花的事。

我借助诗歌加强了自己生命的本真状态：执着、肆意与自由。对我来说，诗歌是解放内心的一种方式，它必须是震撼人心的东西，必须和自己的生命有关联。读过我的诗的人，大多数喜欢我的情感炽热与坦白书写。诗歌一直在保护着我的心灵，使我历经世事而百毒不侵，深陷琐事而不迷失自我。能够与诗同行，我感到有安全感和战斗力。这种安全感来自对自我精神的关注与投资，而战斗力则来自对写作理想的追求。

写作就像恋爱，而不是婚姻，因为它饱含着理想和激情。恋爱阶段的我们，大胆随性，浑身充满了活力，具有相当大的吸引力，而当恋爱阶段结束，步入婚姻，往往这种野心勃勃、精致美好的状态就消失了，很容易被一些大大小小的事所裹挟。必须说，拥有一个精神的支撑点对女性来说很重要。诗歌是我最大的艳遇，它是我最忠诚的情人，而我突破诗写的决心日月可鉴！从心理上来说，写诗使我注重自我的成长，使我保持青春的心态，保持野心勃勃与精神独立，使我看到自己的闪光点。

辛波斯卡说："诗人——真正的诗人——也必须不断地说'我不知道'。每一首诗都可视为响应这句话所做的努力，但是他在纸页上才刚写下最后一个句点，便开始犹豫，开始体悟到眼前这个答复是绝对不完满而可被摒弃的纯代用品。于是诗人继续尝试，他们这份对自我的不满所发展出来的一连串的成果，迟早会被文学史家用巨大的纸夹夹放在一起，命名为他们的'作品全集'。"是的，对已完成作品的不满，也促使我笔耕不辍地写下去。我最好的作品还没有出现，它仍然在未来。

张隽

　　笔名慕风，著名诗人、小说家、管理学博士，广东省作家协会会员，惠州市作家协会副主席。少年时代即喜文学，尤其苦恋缪斯，笔耕不辍。诗文作品散见于《诗刊》《芳草》《作品》等刊物。著有诗集《紫丁香》（合集）、《捧给缪斯》《山色凝眉》《幻影无痕》《气宇轩昂》。长篇小说《舛运》曾获第五届"海峡两岸新媒体文学大赛"决赛入围奖。曾获"芳草杯"全国诗歌大赛金奖、"华夏杯"古诗词大赛一等奖。

分别

牛皮纸信封托起黑色眼神
托起黑色山峦，托起黑色悲哀
季节，已驮来等待
等待草枯等待叶败
等待温柔的信纸上
洒满千百行
悸动点燃的眼泪

不够吧，八角钱
贴一枚紫色的邮票
一汪深情的大海
要两元钱、要巧手和特快
要爱语
抚摸我炽热的情怀

鸽子揣着恋爱飞走
月光下脱落一根受伤的羽毛
何日是归期
别梦依稀的站台

雨滴吹灭了满天星斗

手握不住

晨雾里的凄凉和无奈

离别时

鸽子们正热恋

分手时

他们收获着

夏日里酸苦的等待

紫丁香

紫台灯熬不住睡了
紫色风失眠了在路上徘徊
零点时候
你说走就走
我只得捧着沉甸甸的失望

打开窗户送你
看星星点亮
黑夜的影子长长
丁香树下
不见你跌落的忧伤

关窗
挡不住外面的凄凉
书桌前
读你唱过的
眼泪与诗行
紫色的花瓶紫色的灯光
小屋里留不住
一丝紫色的芬芳
记忆迷失了

该走的方向

紫台灯再亮的时候紫丁香走远了
紫色风歇脚的时候
我正在缝着
丁香树下
摔碎了的惆怅

夏天

没什么
夏天过起来
就这样平淡
你可以
接上一杯自来水
卫生起见
还可以再撒上
一些PP粉
这样
你就能端起杯子
闻一闻，然后
呷上一口
仔细品味

孤独的时候
你应该
学会写诗
坐着和躺着
会想两种不同的心事
坐着
你可以想"大江东去"

想健美比赛

想紧紧地抱一个女人

躺着

你可以想"罗马之夜"

想摇滚音乐会

想接吻和法国香水

疲倦了

点一支烟

你又可以

站起来踱着步

看烟圈一团一团地

在小屋里旋转

如果想今晚

有场好梦

你得去喝酒，弹吉他

去看她的照片

坐着和躺着

太阳还在屋顶上

点烟，弹吉他

星星还在那里

向你眨眼

白天和黑夜

太阳和星星

没什么

夏天过起来

就这样平淡

不老湖

桌上的古书
已长出块块黑斑
书里
有座不老湖

那书
它是无名氏
花了十七年写成的
那湖
却不知出自何月何年
终于有一天
不老湖迎来了
第九位客人
他伸手，想舀一瓢
不老湖的玉水
徘徊良久
他终于敲响了
不老湖的神经
于是
不老湖慷慨解囊
赠他千盏万盏

模糊的字迹

后来，他还是离去了
就因为字迹模糊
就因为真伪难辨
离去的时候很伤心
那次
不老湖也为他流了
几滴深深惋惜的泪

那古书
依然沉睡着
那湖水却换了又换
不老湖永远长不出一丝皱纹

湖水里
到底有没有青苔
从没人去考证过
只知道
不老湖
它永远不老……

枷锁

不是摆设
不是虚伪的神杖
正义与邪恶
躲不过
他神一样的眼睛
和猪一样的脑子

无聊
——致光阴

你静坐着
无所事事

整个下午
你只喝一杯加浓咖啡

整个下午
光阴流淌了一地

原来自来水龙头
一直开着

家

只有孤独的时候
才会想起她
其实
她不过是你
伪装孤独的空房子

鱼殇

这一回
我听到玫瑰的呻吟
如同听到
你的一声惨叫

一刀下去
你就一跳
每跳一次
我的心就颤动一次

虚伪

明明是昨天的灯光
偏偏拿来今晚展卖
你从垃圾桶里
捡来的尊严
早就被古人
用刀笔削得一屑不剩

每天汲取

站在你思想的肩上

每天汲取一滴甘露

我的骨骼和肌体貌似强大

而我只愿意

如你倡导的那样

让心脏成为全身最强健的肌肉

无题

我的生命之流
因你的变故而改变航向
我奔向理想的马车
踏出了南辕北辙的轨迹

心里流淌着蓝色的血液
青筋迸绽出紫色的花纹
没有加快的心跳
只有留给下一次的期冀

窗帘

在脆弱的窗户上
挂上一幅美丽的窗帘
但心里的脆弱
却是漂亮遮不住的

真实

我用诗歌呐喊生命
生命却忽略了我的存在
我的存在
是一粒微不足道的尘埃
但尘埃却是我生命中
躲也躲不过的存在

敢怒

愤怒
不是一种声音
而是一种心态

勇敢的时候
发出的吼叫
它们是有颜色的

激情

没有年轮之累
没有地域之限

凝练的
充沛的
丰富的
这些都是你
必不可少的形容词

欣赏你美德的标准
只有一个字：
怎一个"啊"字了得！

史诗

扉页
一面瘦身的魔镜
章回
柄柄长长的利剑
结尾一地鸡毛
而她的底页
仍是一面完整的镜子
不过是面重圆的破镜

雨声

宽阔的肩膀
杵着
荒凉的额头
淅淅沥沥的声波
揉进泳池密密麻麻
条纹萧条得
如同落寞的西瓜皮

听不惯的声音
与我久违的脆弱灵感
狭路相逢

等待

你不敢面对
空气、阳光、水甚至咳嗽
这些真实得一塌糊涂的东西
让你忘乎所以

等待更多的时候
是你心中的一弯月
脚下的一株草
想象中的一条船

与时间较量
较量的结果无非就是放弃
心上的人会化作画中的画
眼中的帆就荡成了海里的海

日子过得一天比一天廋
糜食渐渐被蔬菜们替代
不拒绝阳光
于是
隐忍黑夜在栅栏口
留一盏忽明忽暗的烛光

火焰

点燃的瞬间
注定了她的身姿
婉约还是丰腴

吹一阵风
飘零的枯叶寻不到
最好的归宿

躲在黑夜里哭泣
雄鹰害怕火捻子的温度
灼伤眼泪之堤

说她狡猾
那是因她温度忽高忽低
全无贫贱亲疏
照人缺陷毫不心慈

唯一的短板
留给了冰海中的沉船
灯火替代不了她的仁慈
于黑暗

她痴心不悔
从不流泪

桃花潭

春暖花开的日子
汪伦的衣冠冢静静地躺在那里
真真假假的神话传说
已越千年的逸事佳话
如今早成了霜打的柿子

桃花潭依然清澈见底
那水中却是
数百次回眸映成的倒影

李白喝过的桃花酒是否苦辣交加
无人能解
桃花潭的故事
讲了一千年
骚人穿越历史的片片枫叶
还在酸酸的空气中飞舞

小可

揽你入怀
丝丝扣肉
万般遐思
五四的情怀
撒了一地

人心渐老
黄花虽瘦
瘦不过秋天的山笛
说要栖于草地
碧绿已等了一千年

伸一下玉手
抖落芳情
于绝世的空谷

站立风中
站成
生命的风景

执着

所有从容陈列的情感
从经验上看
都是泡沫

那些发过芽的
那些抽过丝的
还有
那些受了孕却没有分娩的
难道都是
时间和空间的错位吗

许多美幻的影像
邂逅的时候
光环送出错误的信号

所有现实的结局
与其说真实
不如说
都是时间与空间较量后
挂在天空中的云

经历

涂满油彩的岁月
日子被烤得比猪肝还紫
记得故乡被压弯的那条小溪
童年的梦想光怪陆离

村口那个打谷场
鱼和肉与工分比肩的年代
孩子们纯粹的笑靥
撑起了一道又一道
记忆的风景线
偶尔的吵闹与哭声
村民们留给田野
最真实的诗意

奶奶和外婆不约而同
重复着
听不懂的乡音
种植过的生活和播撒着的甜蜜
让思念爬出蠢蠢欲动的心脏
故事中的身影渐行渐远

成长的足迹

不代表

曾经经历过的记忆的长度

生命的原野上奔腾着的野马

如长河中奔腾着的浪花

找也找不出

意象中功德圆满的轨迹

于是

试着把它们统统打包晒干

送进博物馆里

陈列作一面镜子

读诗

——读《骆一禾、海子兄弟诗抄》

静坐

读着两位逝者的遗著

一个因病骤死

一个卧轨暴亡

两个人的光芒

像太阳底下青葱的麦苗

散发出阳光的味道

习惯了没有思想的生活

炫耀起丰满的血肉之躯

和一副脑满肠肥的皮囊

流浪的日子

未能学会吃堑长智

岁月的精彩

就这样匆匆溜走

夏天

树的颜色
变得忽明忽暗
照亮眼神
无助的耳朵还在打着盹

爬爬虫和蚱蜢们结伴而行
沿着绿色和蓝色相间的水库大堤

蚂蚁赶来报信
台风的尾巴也许会
横扫愚人们酣睡的屋顶

老鼠和毛毛虫商量着阳谋
但说出阳谋
夏天的心
已不属于痴心人自己

只有一只旱鸭子
正在暴风雨中等待着
属于自己久旱的甘霖

海与旅人

海
泾渭分明地构造着自己
碧蓝的是海水
金黄的是沙滩

一个夏天的黄昏
海滩刺痛了
两个人
以及他们长长的影子

这故事很平常
想看海
想看日出
于是结伴同行

海风很平常
海浪很平常
海滩很平常

终于
躺倒的鹅卵石

铸成了

一场酝酿已久的争吵

花落窗前人未老，月上枝头我先知

年轻的时候，我像许许多多寻梦人一样怀揣理想，在人世的忙碌中，忙里偷闲编织属于自己的人生梦想之网。光阴荏苒，不知不觉中走进中年的廊桥。回头看看，每一阵风起，每一场雨落，每一回花开，无奈的心情就像一只蝴蝶在自己的园子里跳舞、欢歌或者流泪。有时候，我会把舞步绣成花瓣挂在枯萎的树梢；有时候，又会将清脆的欢歌编成虚无缥缈的云彩，挂在遥不可及的天空；或者有时候，干脆把眼泪描成金色蓝色和一些幻想中的颜色，让它们斑斓起来。

我的舞步、欢歌伴着眼泪分洒在几个粉墨登场且涂满时间印记的园子里。它们独自成篇，又相互关联，连接它们的不仅仅是时间的脚印，还有千丝万缕的心情和藕断丝连的情怀。时光印迹，是我较早期学子生涯思绪顿生或有时灵光乍现的影子。这个时候，我时常会说出一些诸如"告别春天／是告别失血的月光／告别春天／是寻找太阳的开始"这样的话来。而短歌行吟，却又分享着我人生情怀的另一种境界。也许是厌倦繁华世界的喧嚣，也许是渐渐喜欢上了简洁与明了。这时候直抒胸臆可能成了自己最恰如其分的表达，但抒胸畅怀的方式依然是内敛的，少不了隐藏的炙热与真诚。于是，在文字的流淌上我选择了别具一格的小溪，而非浩浩汤汤的长河。这时候，思绪流于短，韵意拘于长，眼界注于真。于是乎，"愤怒／不是一种声音／而是一种心态／勇敢的时候／发出的吼叫／它们是有颜色的／"这样的句子，才是我内心真实情愫较为准确的记录。树干愈变粗，树根愈深扎，呐喊愈深沉。有时候明明知道呐喊的心态是无助的，更多的时候深谙呐喊的颜色是苍白的，呐喊的声音是孤独与低沉的。但是，既然发声了，总要留下一些痕迹吧，或者干脆就叫冒充潇洒、留下痕迹吧。这个时候长句的力量又回归了。编织出的故事收不回来，就像泼出去的旧水总会回到看不见的地痕里一样，泼就泼了吧。更多的时候，你看到的会是这样的句子："我隐居在城市的山林里虚假地存在／我的房间里只有一张床、一根数据线和几本破书／我的日子就是一场没法交代的交代／我从此宣布自己跑不出自己生活了几个世纪的世界。"句子编完了，我的思绪也随即留下了时间的印迹，畅想中的短吟之声和无比苍白的呐喊之魂。

人们常说"人过留名，雁过留声"，可我却并不在乎这些。然而，既然写下来了，总得留下些许痕迹吧，或者干脆就叫"诗过留意"吧。至于说到诗歌创作心得，我想"写独意、营独境、书真情"，仅此而已，别无他途。既然独栖诗园，那就只有选择寂寞与等待了。

施维

字冰之，中国香港人。出版经济类书籍《新农人电子商务一点通》《农产品电子商务应用手册》（合著）；出版诗集《我想是一朵大红花》《洛神花红》《理想国》（合集）、《浮诗绘》（合集）；出版油画集《空中有朵你做的云》和诗画集《世间始终你好》《阿弥陀佛么么哒》。

夜晚

你递给我一枝荷花
荷叶微卷，花蕾含羞

好美好美的一朵花啊——
天亮盛开，夜晚收拢

夜，不会晚。从来不晚

寻找

旋律在初秋凌乱

时而停息时而清晰

我努力尾随每个音符

一路小跑。细碎步

踏在高低错落的音阶上

不管阴郁地悲伤地

还是轻快地辉煌地

偶尔闪过滑稽地纵情地

只要无拘无束地

无所事事地吟唱

我便循着律动节奏

拿定主意——

赶在曙光微露之前抵达你

该怎样就怎样

你那里碧蓝，我这里朦胧
多么幻化的气象

你那里飘雪，我这里滴雨
多么自然的景象

你那里繁华，我这里简陋
多么真实的现象

最幻化的气象之一
最自然的景象之一
最真实的现象之一

你是我最向往的归宿
我是你最该来的远方

最，就是最——
没有之一

过客

一辈子很短
会遇到许多人
一辈子很长
经常独自一人

譬如，石桥很短
我的等候却很长
换了摇尾巴的影子
我还在桥上看风景

桥下来往的船上
还没出现戴围巾的你
昨天我的守护神
突然朝桥下叫了两声

一只小船驶近
站着一位戴围巾的人
掠过柳条拂动桥的倒影
我才看清：不是绸缎的
也不是格子的

桥

木桥离我不远
桥下是残荷
桥头有枯柳

我与黄蜡梅
一起打量雪花
不由驻足张望近旁

窃喜且疑
过了桥之后
右转便是竹木井

冷风在催促
撩拨荒驿的野渡
飘雪纷纷，谁在引路

雪意纷披

静夜沉寂
树木铺挂雪尘
飞扬不跋扈宛若散花

我已抵达
你设定的倒春寒
不出所料地沦陷其中

两鸟同巢
挤在一起蛮好
红色蜗居裹着浪漫银装

唯美。清冷处
没病毒无灾难不见战火
有妙音天籁般回荡

火焰

外焰淡黄几近透明
遇氧彻底燃烧不断升温
迫使周边空气分子高速运动
反应区的光足以摧毁我
最终让我灰飞烟灭

内焰忽深红忽浅黄
围困焰心，碳粒子
涅槃成强光
奔腾向上只为突围
你复杂至极
有多个宇宙数重天
每一回燃烧
都有五花八门的原理

我只知道由外向内
你的热度在递减
无氧的寰球充斥忧郁
从深蓝幽幽回归幽幽暗乌
恰如繁星下平静的汪洋

心海

天空有飞鸟
两对翱翔的翅膀
沙滩有礁石
滚涌的浪涛拍岸
彩霞像伤疤贴近苍穹
准确地说更像瘀青

与曾画垦丁的海不同
三面环水一面依靠山峦
落山风一阵阵扑面
素浪碧海呼应蓝天白云
那时候素不相识
沉迷于幻想和希冀

今隐藏于模糊处
游动着一双抗浪鱼
画中无人无舟
却暗透你的呼吸
我的眼睛开始酸疼
还好，又有了一幅新油画

梦想

有一种无力感，像是
内在的外部的都在瓦解
纵使窗外又艳阳高照

前辈是世上最强预言者
当云海翻腾出高级灰，曾曰
"这雨诚意不够，应该下不来"

其实天晴不晴并不重要
不妨碍无花无种的苔藓生长
不影响下午茶和消夜

阻止不了心宽体胖的梦
用想的手法周而复始地打破
次元壁，莫名其妙地被放不下

画风比以往更简洁了
忧郁的戏码反转再反转
眼眶周围难掩丰腴的鱼尾纹

未能进入彻底的忘我

看似缩小的遗憾其实更具象

是一枚硕型柠檬遮挡住半张脸

我丰盈的何止是体态

静静地画自己的梦
勾勒质朴的理想场所
如可能，就画成一首寂静的诗
享受独自挥霍时光
悄悄登台，悠悠谢幕
所到之处皆有你流露的蜜意

我在你的注视下心安理得
天天沐浴后踏上一条早安小径
路口有开不完的白色柠檬花
月亮升起之前回到居住的地方
像摘星星般仰起头踮着脚
取一枚柠檬和两片叶子
它们是晚餐前最不可缺的美妙

静静地梦自己的画
勾勒理想的质朴场所
如可能，我就梦成——
青山石宅古道西风的乡野爱情
嗯，其实早已梦想成真
就在空中有朵你做的云时

对不起，是我肤浅了

木槿遮挡了一只眼
另一只眼尽收虚拟和现实的糅合
有人死活酝酿内心戏，沉溺过深
我再有智慧也无能为力

感觉两字包含了所有
于我，有侬即感瞬觉身陷仙境
"艺术家必须是天生的"
这话不是我说的，是高更

发现凡·高精神错乱无奈逃离
阿拉明知山有虎，却担忧虎孤寂
猛兽也有病症困扰。精微的知觉
学会没有什么是不可以妥协的

从荷花凋零起我将不再临摹自然
任凭抽象概念泛滥哪怕离奇而古怪
用伟大的愚蠢当一个走调的歌手
在涂鸦之前细看拉斐尔画面的附加物

那样的话，万物不会烟消云散

转身回望时侬的容颜必然清晰如昨
而好奇的侬就会详尽地全面研究
阿拉忘我时神秘如谜一般的灵魂与美貌

关于烹饪

五行缺火要常下厨
五行多火须勤做饭
盲镜后的眸子八面玲珑
科技让煮食不再取火
用餐已不是唯一续命流程
膳食的艺术变得抽象
迷失并非多么糟糕之事
多数人不清楚饥饿的意义
遗忘了每道美味佳肴
色香味意形养俱佳的重要性

我的欲望藏在你煮的热汤面里
关于烹饪，只不过就是
复杂而有规律地将食材转化为食物
锦衣夜行，身怀厌恶人之常情
却习惯投射到每一锅生滚粥的配料
为躲避鱼牛羊和葱蒜姜的奇味
储备许久的烧饼充当了救命稻草
散落的芝麻能咀嚼出拯救之道
绝望的世界一次又一次重生
你我便有了再次关于烹饪的幸福时光

雨中七夕檬蔽双眼

蒙不住眼睛的柠香
弥漫开来，每一缕
都是你的体味，清新持久
故此我的每一幅油画
隐藏着幽淡的气息

只因太懒惰。亲爱的
离春天定下的目标还很远
我要赶在地藏菩萨圣诞之后
或者海妖的夏歌唱完之前
完成独放的一花更比一花低

那时满屋飘香蓬荜生辉
那时天气或许会凉快很多
那时奥密克戎已经销声匿迹
那时玫瑰茄盛开紫红的花骨朵
那时我的风湿病调养得差不多了

很满意这个七夕是大雨天
太久太久没有痛快地哭泣了
一大杯冰镇柠檬水陪伴我

窗外满目青翠弹跳出透亮的水珠
听雨，像你的话语，喋喋不休

方向是用来迷失的

女巫与女神差别很大
出行交通工具就不一样
前者乘乌青色云呼啸而至
后者端坐莲花披光驾雾显相

一个从不缺原始的顽执
一个让绝望的种子发芽
我能辨别是女巫还是女神
却分不清到底该爱抑或恨

心情与战乱中的易安
放弃金石图籍同出一辙
街边手机店播放《逃爱》
反复唱"却逃不开有缘再续"

城市的夜空含泪化为星子
山丘起伏满月高悬秋冷寂寥
又是一程落寞孤勇的独行
女巫晚安,女神好梦

出发与抵达

春风吹了两个月
树枝忙不迭地发芽开花
我也因此开始忙碌

潜心勾勒无边春光
忘情地对话欢乐
忽略汗珠早打湿风儿

久宅人变得迟钝
要不是你说北方落雪
方才醒觉是倒春寒

南方春夜有雨
屋外野猫婴儿般叫唤
墙内狗狗们寝食难安

悬着的心总也放不下
它们和你我一样，有所思
痛恨零散和消遣的传闻不断

街灯比月亮难看

冬小姐和春先生的影子
因炎热又因寒冷而无所适从

多想有一个理想国，唉
最近又忙又累心情不太好
好在出发之后每一处都是抵达

思念你从不需要安排

一下子就闯进了夏天
深V领，超短裙，人字拖
好想面对你展示换季的窈窕

迫不及待地甩掉御寒装备
从容于没有包裹的裸露
继续不断，天天爱你多一点

坐着站着躺着抑或遛着狗
洗衣拖地，洗碗做饭，尤其
吃面时，我反复咀嚼你的魅惑

思念你，从不需要安排
像门前柠檬树四季挂满明媚
凝成素洁，清香幽远绵长

万物皆有隐秘的互联

你转身
步态轻盈
像一缕月光

是天明前
最后一抹亮
你留下了温良

怕惊醒我
将迷人的睡姿
留给天空和大地

白菊三朵
铁锈红外衣
留给光阴和遗憾

清风自来
芒果花纷飞
獒营安好如初

我的獒宝叫苍猊

用落寞修饰孤寂
威严冷峻的面容之下
奇异而神秘的皮囊
集聚典雅和悲壮

人们看见你的身影
除了惊讶，就是赞叹
恰似名画里走出的猛兽
不动如山不怒而威

红被毛蓬松有型
健硕的胸肌充满活力
步履走过腐草亦可生萤
让我想起郎世宁的妙笔

还是三百年前的高贵
就像二郎神杨戬的哮天犬
依旧对陌生人有强烈的敌意
目中无人皆因心里只有我

我爱你性格刚毅

像天界的咏叹度化了纤尘

我爱你古老而耿直

像清风朗月不染尘世烟火

泰格是一只黑獒

梳妆台上的唇膏
整齐摆放，已蒙上灰尘
从前和泰格出门之前
我必精心打扮

他太帅了。心中的忧郁
就像黑得发亮的被毛
但凡有动静，会抖动出
一轮又一轮的明月光

人类对他不咬人深表怀疑
即使他离开尘世已很久
他从不困惑人会咬狗
深信我的呢喃，我的抚摸就是人

怀念他沉思的眼神
那是世间最后一抹忧郁
充斥我对唯美的想象
那是我咬住不放的一缕灵光

致泰格

你转身而去带走所有的记忆，包括
凝视我时温顺的极具吸引力的目光

我难以用你的呼吸静默地梳理明天
我容易在选择的瞬间注入悲剧色彩
你有惊人的冷峻和哲思般面孔下深藏的忧郁

从一处辗转另一处曾不停地迁移
我因你而看见蒲公英漫天飞舞
看见紫薇苏醒的极限伸展
看见黄金竹叶坠落的四季
看见荔枝碎花撒满你身

当你浇灌过的芒果、龙眼、黄皮、枇杷
和苹婆挂满枝头
我看见日月轮换的晕眩在空中起伏跌宕
看见你在暗黑中扑向萤火虫的光
我一如既往地追随着你的追逐

其实，我说果树你就懂了
你记得住你的故居在岭南之南

注：泰格，虎头黑獒，籍贯西藏。獒营头领，由于得了破伤风而病逝，享年十二岁。一生勇猛精进，尽忠职守。曾协助警方抓获窃贼三名，荣获国家级藏獒比赛一等奖。

猫步轻悄

九条命的猫，离我很近，又很远
天晓得是九只还是一只轮回了九世
每具灵魂必紧裹一身举世无双的外套

在树下躺成横七竖八，这是一棵玉兰树
我窃取一股香气，那是一朵金玉兰
外层七瓣，内层五瓣，蕊蕾呈嫩粉绿

我试图分享给一只白猫，它居然不理不睬
霜降已过整个礼拜，阳光真实地普照，好奢侈
梦子隔空对话——心无重负，更为奢侈

这群猫熟知我的气息，和脚步的节奏
我却不晓得它们为什么轻功了得
神奇无影脚，更像绝尘而去的精灵

奇幻紫梦猫

他希望他唯一的兽是奇幻的
当看到那头兽端坐相片里
我似踏入了无中生有的虚空法界

这头出没于字里行间的兽
守护他的国的兽，潜伏在城墙角落的兽
会在门后说"爱你"的兽
不是纯色无杂毛的四时好，不是
镇宅玳瑁色的滚地锦，不是
通体纯白的尺玉霄飞练，不是衔蝶
不是踏雪寻梅，也不是乌云盖雪
只是混入猫群辨不清的一只狸奴
我偷笑他高超的空幻技能

慈爱是蓝色星球包容的一切的原因
是谁，悄悄沉吟着紫云的冷艳
将这头兽毕恭毕敬地植入凡·高的星空
典雅幽深，满天星斗晕眩
——定有人如我般地审视着九条命兽的
回归仪式，而从困惑中一层层清醒
两道荧光绿穿过共此生涯的水火五行

在黑暗中尽护婕楼卷卷诗书
主人的愚痴必定铭刻"小兽"勇猛的命名

纯属无聊

獒营外有一群精灵
大脸小头短尾或长尾
白色黑色棕色虎皮或斑块
明月清风武装永生的神秘
国际超模学不到位的步伐
咏叹调比帕瓦罗蒂还销魂
围绕在桂花树下惹一身的香
寻找到人类唯一的朋友——我

最生气是獒宝十兄弟姐妹
经常只能进食八成饱
因我硬生生地克扣出口粮
放进獒宝满月后
再也钻不进的尖顶小木屋
这群猫吃狗粮住狗窝
比喜鱼腥的猫眼神更迷人
还多了一份典雅和忠诚

我想说的废话确实不少
为何见不到鼠的身影
猫世界的梦想是什么

不吃鱼的猫会异化吗
没有猫的人生不完整吗
心思分明早已溢出言语
而张嘴时却又合上了
在满园的桂香里暗涌深藏

好吧，我要让猫更像猫
在面对智慧的人类时
这一切纯属无聊，相当多余

好诗难求

向往好诗
总突破不了自己
写来写去都不满意

其实，我熟读
艾若《爱你如陶》
佟声《失败的送别》

能流畅背诵
海妖《醉僧图》
仍然完不成搭积木游戏

前辈们太睿智，挺胸
昂首照样捡到好诗
我埋头穷追这股冷傲气质

沉浸式体验，不禁
对撰写佳作者肃然起敬
确信好诗绝不躲避真挚和任性

秘籍

我失望。夜雨
时缓时疾
向我灌输思考
仅有感性不能成诗
单是理性也不行

一声惊雷，天空骤亮
咚声隔空演示
让猛牛内出血的武功秘籍
艾若笑言飘至
还是有希望，绝处逢生

写诗要进入状态
读诗也类同
品读前辈们的诗我向来敏感
好诗到最后，便是一个空字
不由想起长官的"秋空"

——世界就这样
空空如也

一生只是一天

早晨，以陈皮的苦和普洱的涩
交融一场久违而暖胃的回应
让雪和冰齐齐亮相烟花爆竹的故里
瞬间的幸福让我暂且忘记
悬挂睫毛的泪珠，油煎锅贴
超越点缀着奶油巧克力的黑森林
我甘心为你放弃偏爱的口感
留下的念想和满足

午时，以豆芽的钾和菠菜的铁
双拼一声深重而幽寒的呼唤
让鱼和猪统统回到心仪已久的原乡
我还有尝遍酸甜苦辣咸后
方懂品鉴的糕点，碎芝麻香
完胜镶嵌入崇明糕的红枣和核桃
你愿意与我共享古老的火炉
赠予的节俭和单调吗

晚间，以海水的凉和夜幕的厚
铺设一条高速而洁净的通道
让星和月早早抵达人烟稀少的家园

无形手用极度的低温
在玻璃上涂鸦，冰裂纹
媲美顺着风速坠落的雨丝
你乐意为我擦拭肿胀的无名指
遗留的瘀血和麻木吗

唉，以爱的名义堂而皇之地
行使着自私的主权。不，不，不
怎么舍得让你陪我一起难过呢
子夜还差九秒，来得及，还来得及
收回我曾矫情地在心里絮叨的大白话

冰之话你知

——乡野安居的诗意

活在善于遗忘和被遗忘的年代，新生事物比新鲜空气多。昨夜所拥有的，也许明早就面目全非。万物更新换代，没有什么不可替代。虽然，旧物件可丢弃，可走过的人生呢？

出门、上车、下车、上班、下班、回家……周而复始，把自己密封在或固定或流动的套子里，成了装在套子里的人。周身披挂用科技和文明打造得密不透风的铠甲，用以抵御炎凉冷暖，日晒雨淋，最终却隔绝了生命的朝气。

久处樊笼的人有太多缘分未了。复得返自然，田园对于陶渊明笔下《归园田居》的栖居，是托付，是历练，是一种自觉的拆毁和重建。蛰居在乡村，审视时代发展所带来的冲突与矛盾，努力达成环境与自我的和解。

村庄有恬静：现代化的冲击与扰动，对乡村生活节奏的冲击并不大。喧嚣车流、吵嚷人声、轰鸣机器不能撼动蝉鸣蛙唱的主旋律，依然可体验到古人的恬淡与闲适。正如范成大《四时田园杂兴（一）》所写："梅子金黄杏子肥，麦花雪白菜花稀。日长篱落无人过，唯有蜻蜓蛱蝶飞。"

村庄有时光轮转：王维《辛夷坞》所言："木末芙蓉花，山中发红萼。涧户寂无人，纷纷开且落。"岁月于岭南的乡村，日出而作，日落而息。中午休息，晚上纳凉，谁也没法添上通勤的奔波与谋生的劳顿。只有不请自来的骤雨和台风等不可抗拒的自然灾害，才能打扰时光轮转的步伐，如不知疲倦的向东流水，自亘古而来，向未来涌去。

村庄有自在畅快：都市是无数攀登者用野心、恐惧与焦虑谱写的交响史诗，覆盖着每一位居住者，成为乐章中的音符，自由是最昂贵的奢侈品，无法体会苏轼在《鹧鸪天》中所描述的："林断山明竹隐墙，乱蝉衰草小池塘。翻空白鸟时时见，照水红蕖细细香。村舍外，古城旁，杖藜徐步转斜阳。殷勤昨夜三更雨，又得浮生一日凉。"

当然，村庄也有城市人无法忍受的不堪和琐碎，以及永远干不完的体力活和流不完的汗水。由于资本话语权在互联网时代极度放大，个人独立思考的努力迅疾被流行观点、惊爆事件、八卦风云抑或导向性的心灵鸡汤淹没。时常期望追求别样感动，可一旦脱离大自然，就是缘木求鱼。我想说，是田园让我窥见诗意是源远流长的动力所在。

2018年3月18日，我曾写下一首诗《青涩》：

购一张单程票直抵浩瀚时空。
听见他说：榄边，一个没去过的家。

风水岭起伏，桑树枝殷红，
未成熟的桑葚兜在圆点围裙里。

果实完全没有准备与枝丫道别，
天气还是变化无常。

沉默、运气，需要适中。染红舌尖，
染红双唇。鸟儿在青青谷上下盘旋。

山水之明净、天地之清幽。中国文化的基因充满诗意的人格，具独立于山水天地的宏境。在暗夜深渊探索中，我有幸走进南朗，庆幸与榄边邂逅，万幸与诗歌结缘，荣幸明白诗意地栖居远比诗歌创作重要，获取重新呼吸与退想的自由。

当我裹着清风行走在风水岭，与千百年的来者们一同放眼摇曳的稻浪；当我静坐田埂，抬头仰望亘古长存的星空；当我徜徉在古村青石板路，沉浸于老屋和炊烟的气息；当我畅读隽永诗句，以灵性重归的清新拥抱自然与历史，已然脱离了焦虑和不安。

静山

本名宁雨薇，北京人，从事品牌策划及宣传工作，资深公关。以梦为马，以诗为粮，热爱写作。

我偏爱

我偏爱种种的可能
和有趣的不可能
我偏爱辛波斯卡的措辞
和不加措辞
我偏爱月光里的阴影
和阴影里的月光
我偏爱在行走里发现
和在发现里迷失

我偏爱哪怕只有一刻光阴
也要记下
好过在遗忘里寻欢

我偏爱雪花落地的声音
在松鼠的耳膜里回响
因为我听不到

我偏爱假如可以
在人群边上看他们生活
看那些种种的可能
以及有趣的

不可能

我偏爱被阻拦的思绪
可以不被阻拦地传递
哪怕
只传给我自己

白云之乡

1

除了花在开花

果在结果

小镇上几乎没有任何事情发生

阳光普照　云朵潜行

库克船长的名字就在路边

我很疲惫　我忽然很疲惫

在安静的小镇上

我是唯一写作的人

2

云朵落在草地上

落在浪头上

落在树尖

和教堂的玻璃上

随意的　倾心的

毫不费力　这么近

仿佛大地和海洋才是它的家

3

非洲百合　夹竹桃　玫瑰和蔷薇

让我迷路了　我连一条直线都找不到

崎岖不平的花香让我醉倒了

像只情欲满满的企鹅

我爱上了波涛汹涌的大海

爱上了礁石　在茫然的等待中

夕阳从大海的蓝杯中

汲取淡紫色的波涛

一层层涂抹在我的脚上

我像毛利人一样健康

但我找不到路　没有路

4

森林在说话　那唯一的语言

可以呼啸而归的语言

在丘陵起伏的大地上

树是无翼的天使

在静静的黎明　在山谷里
一两个关于上帝的谜语被猜中
树叶在风中轻轻歌唱
我的心也在歌唱

鱼和我

我正涉水而过
这条生命的长河
水流湍急，仿佛要拿去我的性命
而下一刻的温柔正在水草间荡漾
就这样，醒来和睡去
河水不停地向前流淌

我手中的芦苇渐渐枯黄
而新织的渔网又被时间撞破
徒然地捕捞，艰苦且艰辛
只是，当一尾金色的鲤鱼
游进我怀里时，我无法拒绝
它灿烂的光辉

我们有着不同的时间

一只麻雀在阳光下吃着面包屑

斯佩尔特小麦在俄亥俄州的原野上开花

莫桑比克的战火冲高了红宝石的价格

有人往凡·高的画上泼颜料
莫奈的画也被抹了土豆泥

这个冬天会很冷但新西兰南岛的圆壳大牡蛎又丰收了

海水回流冲破堤岸在巴基斯坦泛滥

井然有序的小城市依旧保持着沉默

在月亮和太阳形成90度夹角的地方
一颗小行星自动解体

尖锐的颗粒划过人造卫星的左翼

出租车司机的导航信号中断了几秒

我不在这些画面里

一行文字闯入视线
用不了人们所说的五分钟

杏花，窗里窗外

走了十几里路
才看到树尖儿上的
一点儿清白
她早在那里等着了
要把爱情公之于众

越冬的枝条还在修复
花苞凝结成闪亮的眼睛
她要醒来　看见
旋转胸口的柔波
在窗里窗外
落满甘甜的影子

最早的花枝
缓慢传递着同一封情书
用近似的忧愁开出
参差不齐的白花

不是

阳光再一次浸透翅膀
我从长夜的露水里归来

鸟儿的叫声四散如天空的铃声
醒来的不止一只

一簇即将枯萎的鸢尾
停留在幽深的香气里
没有姓名

身外的事物
在永恒与变动之间交替生长
不是所有玫瑰都被称之为玫瑰

玫瑰

等待清晨的第一首诗

想象那些潮湿的句子

从旷野归来

并被人挽留

如同挽留一朵即将盛开的玫瑰

渴望的额头成为花蕊

嘴唇沾满柔嫩的芒刺

某些遗失的词语骤然绽放

当玫瑰弯曲成书页的模样

层层芬芳递进

仿佛无法走出的迷宫

今晚的月亮

摈弃古老的词汇

忘记想象

我只看到一轮如常的月亮

或许高一点儿

但并非完美无缺

它更像一面盾牌

一种令人止步的壁垒

一道无法穿越的门

甚至像一头石狮

在幽深的居所之外

彻夜无眠

夜

它的周身
都是芒刺
但它不能
像刺猬那样
奔跑
它得和芒刺
睡在一起
以便随时起身
扑灭
那些火焰般的
星星

秋分

我说得很少

此刻更加沉默

一场大风告诉我

骨头并不比一片树叶重

灵魂不过是更轻的尘土

如此陷入无以言表的状态

找不到恰当的词汇

也不知道秋天

如何平分暖意与微寒

更不了解

落叶怎样往返于天空和大地

按部就班

心是一颗茄子

月亮倾倒了紫色

有别于身体

有别于眼睛

有别于万物固守的形色

一颗茄子或者海狸

一枚跳动的子弹

绵羊或者百合

如果不想按部就班

心可以是一颗茄子

一粒带孔的纽扣

古老的顶针　细线

一间小小的密室

一架永不停歇的织布机

八月的雨声

八月的雨声　冷漠　清晰

如柏拉图宣讲它的理想

金手杖和红衣袍都准备好了吗

晴天？那是农夫的期待

书页需要潮湿　思考需要黑暗

光以无数水滴投射

慵懒而坚定的目光

字词在分裂　繁衍　赤裸而原初

毕毕剥剥如婴儿的出生

种子们欣喜而繁忙

不止满天星辰和夜阑更深

夜阑更深
我们坐在山谷的深处
谈论着满天星辰
你的手指净白柔软
似乎从未操持过重物
苍白的面颊也极少日晒雨淋
话语轻盈
我们从博尔赫斯的南方
聊到瓦莱里的海滨墓园
谈论狄金森和莎士比亚的心灵穿越
在某个夏天
一切形而上的沉溺让山谷的绿意更深
层峦叠嶂的深处似乎有人正侧耳倾听
这是几世纪以来的第一次
也是最后一次

此刻　夜阑更深
月亮用银线编织一张温柔的巨网
被人遗失的灵感正渐次聚集
仿佛尼斯水怪般神秘而巨大
在山谷的深处

起伏的暮霭匍匐在脚下
蕈子和野蘑菇喁喁低语
乘风而来的种子四散在各处
等待奇迹

我们目光闪烁　轻声低语
交换着远古的信息
用名之以名的语言和修辞
将万物分门别类　贴上可疑的标签
并说服自己：这是文明最好的形式
那些争论没有回响
也不会有明确的结果
而让人感觉幸福的事
还不止这一件
不止修辞的悖论与自圆其说
不止满天星辰和夜阑更深

至爱凡·高

那是一只麻雀　没错
贪嘴的麻雀看上了面包屑
还有那些土豆和向日葵
花瓣儿枯萎的样子多么可爱
饱满的种子像飞驰的车轮
夜空　静静的夜空
星星正飞离我们
而河水缠绕着蓝色的回忆
静静地流向远方

我是凡·高　二十八岁　一个人
画自己的床铺　水杯　白玫瑰
阳光的裂缝　裂缝里的风
画马车　桥梁　农田和乌鸦
画一位内心苦楚的医生和
疲倦的农妇
也画自己　你看我的样子
比冬天凛冽　可又比春天温柔

我住过很多地方　很多
云朵都很低

阳光和河水一起上涨
窗户被淹没　连同我的画笔
掉在金光浮荡的深渊里
随后我用群青填满了所有空白

你要知道　我度过了很多夏天
见过璀璨落日　也醉宿跌倒
在夜色窘迫的大街

在欢乐远去的途中
我紧紧抓着麦穗和鸢尾　但放弃
热血沸腾的耳朵
它离开我
去倾听颜料和光的密谈

命运的企图无人知晓

命运让我栖居在丛林之间

并赠我以鸟鸣

有一只布谷经常到访

带着某种光明的喜悦

巨大的杨树充满了神性

仿佛可以庇护一切

而林莽的清新总是对我不离不弃

在高坡的远处

层峦叠嶂的山峰绵延起伏

成片的楼宇细碎如星

河流像一根弯曲的银针

静静地别在大地上

清晨的企图无人知晓

命运的企图无人知晓

雨水

微风在涟漪中
寻找昨晚的那滴雨

它需要一种透彻的领悟
远离人世的动荡

而波光闪闪烁烁
隐藏着潮湿的孤独

沉默替代了无法甄别的起源
现在　万物是一个整体

每到春天
微风在涟漪中
寻找昨晚的那滴雨
静山的春天

猫

蓬松的脚印摇摆着

两个月亮　上弦和下弦

小巧而稳重的屋檐仪式

在每年春天

让肉体夺门而出

不断舞蹈

像蝴蝶一样轻盈出没

并提醒大地

一切皆有迹可循

爱　并不是结果

而是起源

无处可逃

未经甄选

赛道漫长

身后的风追上牙齿

超越眼睛

奔向远方的不明之物

灵魂远在肉体之后

犹如一枚毫无价值的螺钉

被钉进斑驳的朽木

历久经年

难以拔出

喷嚏

从开始到结束
慢镜头的秋千
快到高处时又回落一点点
甚至能感觉出轻微的颠簸
然而秋千还是落了下来
随即又涨回另一个高潮
快进　慢放　反复重来
连贯的镜头释放出
被压缩已久的忧伤
充满颗粒的白色画面
最终溢满屏幕

克莱因蓝

她的目光微蓝

远不及沙漠中的湖泊

阳光的折射使其变浅

接近大象的呼吸

远离固执的深邃

她正在子夜放荡地行走　魔鬼一般

吐纳世界的悲欢

有人早将名为"克莱因"的灼热蓝色

注入她的心脏

让她像一头蓝血的鲨

秘密存活了一万个世纪

霜降

裹住手指

穿上厚实的鞋子

不要说话

季节正在扭动它的螺丝

将秋天的铁板卸下

它正在转移洞穴里的雾

驱除令人不悦的潮湿

不再平铺直叙

曲折的措辞点缀着星星的冰碴儿

我们只能喝酒　猜谜

追逐一两片落叶

像那些听话的圣徒

分食一小片面包

祈祷　终点的到来

小夜曲

那些不是种子的种子
种在离地三尺高的琴箱里

有一双纤细的手在夜里播种
在一层层月光撒下的沙子里
埋上温柔的渴望

如果玫瑰和蜜糖的温度合适
它们会发芽　并且挣脱引力

然后飘荡在人们的四周
让他们爱上万物

在真实的背后
　　——来自金斯堡的启示

暗哑的十一月
进入必将消失的隧道
年长的人大都健忘
他们将目光焊接在季节的转弯处

他们说：不要随波逐流啊　你这个年轻人
自己走向牌局　饭桌　呼啸的群舞

他们说可以校对时间
但不要说出真相
不要打开那本圆滑而陈腐的日记
翻到扉页上被人遗忘的豪言壮语

还有　不要对视
不要探寻早已被打断的忧伤
高高竖起你的衣领子
让目光的碎片在寒风里四处翻飞

最后的时间总会到来
在静脉的瘀青和试管的污浊之间
你很难辨认出自己的颜料和画布

或许那个护士是纯净而善良的
那微耸的胸脯和净白的手
一丝女人臂窝里的馨香

我们到死方休
爱——到死不休
扭亮那盏灯的人或许早已离开
一滴滴鲜血
从透明的导管里释放出另一个灵魂

裸身　光滑　无孔不入
在洁白的产房
一些生动的故事正在发生
一些不容忽视的真相
正在被揭示

米拉波桥
　　——致策兰

半步之遥

那些词语泯灭于此

黑牛奶般浓稠的水波

修饰缓慢消失的堤岸

微风来时　罂粟花吐露它的黑苞

他说：是时候了

残破的旧世界躲进苦杏仁的秋天

东边　乌克兰的积雪不化

是时候了　典当你的心爱之家

离开教堂的玫瑰窗

行使自由的权利

没有高潮可以分享

他跳了下去

没有吻别和眼泪

他并非人类

只有鸽子和桑树

前来送行

月全食

卧室的圆形镜框
反射着乌黑的夜
起身去找烛台
布满了尘土
幽深的隧道打了死结
没有新的生命
更无合适的烛火
蝴蝶在你的肩胛骨上飞舞
清凉的嘴唇燃起一小撮火
这微弱的光芒
找到了那枚丢失的月亮

厂区

他们说那是月亮的错

你写给我的信

错放进了她的抽屉

厨房的大师傅把我留给你的鸭腿

转给了她

她在我下班之后多加了二十分钟班

而你正着急要修改一个车床的齿轮

他们说那天的月亮特别圆

像海面上的巨型冰山

肉眼可见的陡坡和沟壑

有人甚至听见了小猎犬的叫声

他们说这种天象屈指可数

在厂区二十年也仅发生了一次

而我是唯一一个不在现场的人

人们离开我去参加了婚礼

精致的小齿轮蛋糕是其中的一件礼物

还有那封他写给我的信

蝴蝶

它飞得太快　太猛

像一道流光

让人措手不及

我没能对它了解更多

而且已经想不起来它的样子了

那么多　重叠的影子在空中划着弧线

每一朵花都会在它的面前失明

而露珠和早雾的镜面无法照见过于匆忙的飞行

有时人们也会

左手和右手交叠

做出起飞的样子

想象自己是一只网上的蝴蝶

自我抵达你的那一天起，我将化作宁静山林

　　很多诗人都有过那种听到来自未知方向的鸟鸣或者某种声音的体验。那种声音如此清脆，充斥耳膜，穿越山河与城市的阻碍直抵内心。"千山鸟飞绝，万径人踪灭。孤舟蓑笠翁，独钓寒江雪。"鸟飞走了，但那个声音还在画外的山谷里啼鸣，在红尘的某处婉转，犹如刚刚啜饮过生命的蜜糖，甜美却没有轮廓，张扬而不易被捕捉，这是我从中国古典诗词中获得的某种诗意感觉。无独有偶，某日不经意翻到美国第一位桂冠诗人罗伯特·潘·沃伦的《世事沧桑话鸟鸣》，诗人说："我总怀念的，不是那些终将消逝的东西，而是鸟鸣时的那种宁静。"这无疑是一种超验的感受，是某种精神层面的自由，写诗无非也是如此，在历经现实生活的悲欢之后，将所思所感以超灵的体验书写出来，将日常用语转化成诗意的语言，以精练的结构，充满创意的叙事方式以及对语言边际体验的全新突破。

中国是一个充满诗意的国家，诗歌在几千年的中国文学史中占有举足轻重的地位。《论语》有云："不学诗，无以言"，可见诗歌自古以来在人民生产及生活中的感化作用，诗是情感表达，也是社交礼仪，是美与善的教化。而庄子在他后来众多的名篇中也以诗意的方式讨论了天地万物的统一与对立、人的生与死、爱与美，并为后来的诗人们提供了遨游宇宙天地，与万物同呼吸共情感的无数灵感。魏晋南北朝的骈俪之风以降，便有了唐诗的鼎盛与宋词的优雅，作为一个中国人，文风濡染，诗歌早已成为肉体和精神的一部分。每当举头望明月，便有李白、苏轼的身影相随；而四季繁花，高山大海，均可在绵延几千年的诗句中找到相应的表达。更神奇的是，中国的象形文字本身就是这样一种如图似画的象征符号，每当我写下"春"字，春天仿佛就在我的眼前，而"秋"字在我脑海中的映射就是层林尽染的如火如荼。我小时候常常和小伙伴玩猜谜和连句游戏，那些朗朗上口的谜语以及千变万化的连句让孩子们玩得不亦乐乎，某种蕴含在中国文字字词之间的韵律和美感也便深入幼小的心灵。而在中国人的日常生活中，家家户户的楹联、信札、日记乃至族谱中都可以感受到诗歌的韵律及中国文字的精致优雅。中国人对诗歌的热爱与生俱来，并且终生相伴，我的心无法与张若虚的春江花月夜、杜甫的齐鲁青未了、李白的举杯邀明月，以及众多诗人的佳句名篇须臾分离。在人生的不同阶段，美好的诗意为我的心灵带来不同的感受，让我在懵懂的少年时期爱上远方；初恋时才下眉头，却上心头；及至中年，感念风华万物，由衷热爱生命与时间。

然而真正提笔写诗并非易事。要了解什么才是真正的诗歌已经让人眼花缭乱，各种理论著作连篇累牍。写诗并非仅限于情感和修辞，人生经历、哲学思辨、社会洞察、逻辑思维能力乃至身体状况、性情性格等因素都会影响诗歌的创作。最初的写作往往基于个人的情感体验，我在刚刚学习英文的时候接触到了艾米莉·狄金森的诗歌，那些优美、短小且睿智的句子直击心灵，就像为自己的心灵打开了另一扇窗户，让我可以用完全不同于常规的视角去观照这个世界，虽然狄金森所生活的时代与环境与我距离遥远，但诗歌中对生命、自然、爱与死亡的表达大抵相通。我因此爱上了英文诗，并将阅读英文诗歌的习惯保留至今。在我之后的工作中，我发现当灵感受限急需开辟全新创意的时候，去阅读几首名家的诗歌往往大有裨益。于是我开始模仿，像狄金森那样对一朵花或者一只蜜蜂提问，对天气的转换和季节的更迭表示特别的关注。后来，我在读亚里士多德的《诗学》的时候读到这样的句子："诗艺的产生似乎有两个原因，都与人的天性有关。首先，从孩提时候起人就有模仿的本能。其次，每个人都能从模仿的成果中得到快感。"的确如此，诗歌出自内心的求知天性，并给我带来由衷的快乐。但诗艺的养成是一个漫长且艰辛的过程，诚然有诸如兰波和海子那样的少年英才，但大多数诗人都是终生练习，从未辍笔，我们可以从他们在不同时期及年龄段所创作的诗歌中了解到一个时代的演进与更迭，以及文学潮流的发展和变化，而文学潮流的变化往往与社会历史的进展息息相关，从西方古典的史诗，文艺复兴时期的"商籁体"到近代现代德国表现主义、俄罗斯的阿克梅派、以布勒东为代表的法国超现实主义、英国的湖畔诗人以及美国"垮掉派"等，诞生了大量名篇名家，其璀璨的光华令人不可逼视。对西方诗歌的阅读启蒙了我的诗歌创作欲望，相较于中国传统的诗词格律，现代诗歌创作为心灵带来更广阔的创意自由。诚然我非常认可中国古典诗词的精致复杂的格律及声韵，但自白话文运动之后的中国诗人们已经实践了现代语言的简练与瑰丽，诗歌是善与美的召唤，是一种心灵的抚慰与升华，诗歌是文艺创作，但同时也是一种内在的灵性修行，除了敏锐与创造力，悲悯和感恩不可或缺。大疫之年，我有了更多的时间与远古和现代，东方和西方的诗人们神交，每读一首好诗都是一次灵性的飞跃，而每次下笔书写又是一种超验的自我满足。书写仅仅是一个开始，诗艺无边，诗意永存，请让我以独特的方式尝试赞美这个残缺的世界，在词语的迷宫中追索时间的过去和未来。

朱柱峰

九〇后，广东河源人。教师，广东省小小说学会会员。

草地上

午饭后，青梅酒
不摇晃的世界
我看见了你
我们坐下来
说起小时候
像初次相识
云朵触碰云朵
一只黑色的蚂蚁
在我们影子中间
缓缓爬行

很美

风在芦苇尖游动时很美

森林沉默时很美

叶子从天空走向大地时很美

道路染成白色很美

瀑布很美

沙丘很美

大自然的镜子很美

你马尾跳动时，很美

走向你

在所有的悲伤离别都与我无关之前

我要走向你

在日光层层落下的清晨走向你

在夜晚燃烧不灭的星空走向你

就算是路边站立的树

我也要拔起根

走向你

变成寒风走向你

变成闪电走向你

变成昨日你涉过的河流

走向你

明天就要冰雪封山

我要走向你

完整

和你走在一起的时候
小草初生，春水涨池

镜中

我不是玫瑰
我是玫瑰的影子
玫瑰在你手上
我在你近旁

假如

假如月亮不曾同时照落在我们眼前
看见满天星辰今在永在不息地燃烧
我不会在意这个酒杯
那一块透明的玻璃
于我是如何的不痒不痛

我想起

我想起
操场角落那颗温暖的石头
石头边是旋转不停的陀螺
陀螺后面站着低矮的树枝
树枝下
她满眼泪水，没有言语

课间

窗外的鸟飞过
黑色的线颤动
树叶摇晃
深秋早已过去

大学校园

这是夏天的最后一个黄昏
窗边的风已经凉了
我长久地看到，并一次一次经过
布满人群和笑声的草地
再一次被除草工人用刀片冷静地收割

日光

天空飞落
浩浩荡荡
晶莹透亮的
热烈和健康

三月

　　——怀念海子

每天都有人离开，死去

消失不见

谁都会终有一天

简单得像风跌落进风

没有任何消失是最好的告别

开过的花都属于春天，凋落的都走进泥土

天空飞满了亡魂，他们合唱、跳舞

手拉手绕圈狂欢

像庆祝诞生一样庆祝死亡

如同失去一个节日

三月里最盛大的那个

给远方的哥哥

  ——海子生日献诗

终于

我知道了死亡的声音

无非是列车与铁轨碰撞出的

寒冷的花朵

也知道了死亡的无能

它像一枚升上夜空的烟火

那么短暂，点燃一块黑夜，又收走一团光明

哥哥

今夜我在落满雨水的城市

沿着铁轨和你一起

走回贫穷而又寒冷的村庄

看望麦子、马匹

看望月光、少女

看望远方和草原

你带我去年轻的旷野

看阿尔的太阳

把星空烧成狂躁的河流

然后你像一支熄灭的烟离去

哥哥

你教我怎样爱这个世界

却忘了如何爱自己

这个春天你五十岁了

如果给远方飞翔的你寄生日礼物

我不会寄给你一本书，更不会寄给你诗集

我要给你寄一粒蔬菜的种子

告诉你种子的发芽、生长和衰亡

以及一粒种子对春天的

漫长向往

空洞

冷风从黑暗中走来
漫过有灯火的街道
消失在另一头

失眠

黑色，冷风，车声
睡着的醒着的，植物与人，遥远相望
想想过去，想想现在
狂躁，热情，无聊与疾病，还有厌倦
厌倦和秋天的叶子一样
纷纷扬扬地掉落，又疯狂生长

陌生城市的一天

落日余晖

一切又温柔起来

长街中，夏日已尽

浮现前天写的诗句

又想起从未远离的短句

倒映在自己身上——

　"生命是什么呢？

生命是时时刻刻不知如何是好"

玻璃弹珠

你可曾记得玻璃弹珠
晶莹的，包裹着叶子
阳光下闪耀的弹珠
可曾记得趴在地上
用拇指，和中指
瞄准，弹向对方的玻璃球
如今我想起往昔
往昔从我身旁一次次走过
我们一起哭吧，多年以前的泪水
温柔下去，坚硬不是唯一的存在

青瓦

青瓦，你在泥土里长大
从婴儿到青脆的孩子
只吃了一口火焰呀
流汗的男人把你铺设在高高的屋顶
你是第一个看见黎明醒来的人
也是最后一个看星星睡去的人

青瓦，那是曾经的七月
七月的雨水多情，来了又走
多少次你喝掉一半，倾倒一半
多少次你送走主人又迎来主人

青瓦，我已经长大
秋雨已经到来，在你疲倦的窗下
凝固的火焰要碎了
我知道你在想念儿时的家

青瓦，你睡吧睡吧
孩子们穿起白色的鞋子
踩在低矮的土堆
我会建起新的房子，带你回家

四月，我种下一朵向日葵

种子埋进泥土
阳光盛开的时候
花儿就盛开了
我亲爱的向日葵

水流进泥土
在我睡着的时候
种子醒了过来
我亲爱的向日葵

种子没有说话
一个崭新的世界
招招手，你好呀
我亲爱的向日葵

种子脱下帽子
张开柔弱的双手
等来一夜的暴雨
我亲爱的向日葵

妈妈，为什么天上会下雨

在阳台，我用拳头拭去泪水
——有云朵的地方就有雨
云朵变重，雨就会落下来

妈妈没有骗我
地上不仅有雨，还有风和闪电
在四月，我重新种下一朵向日葵
这次我要种在云朵上面
那里只有阳光，没有雨

"爸爸，你会不会死去"

爸爸，你会不会死去

——但那是很久很久以后的事了

爸爸，你死了后会变成蝴蝶吗

——爸爸死了后会变，但不是蝴蝶

在火焰里，爸爸把自己变成粉末

羽毛一样，会飞扬的黑色

那我能不能在天空中认出你

——不能

那我要把黑色粉末撒在草地，给花儿当肥料

我们都不说话了

爸爸，每年春天到了

草地上的花儿开了

我就知道那是你了

看《西西里的美丽传说》

肉体是船
载过欲望
载过深夜
也载过十五岁的那棵水杉

雪

光纷纷扬扬
火焰凝固、堆积
一个熟透无声的世界

照片

我坐在一块冰凉的石头上
迷茫地望着远处
一男，一女，面对着面
听不见他们的声音
一张肌肉紧绷狰狞的脸
一张扩开大叫喊着的嘴
记得他们曾手牵手
穿过旭日四楼长长的走廊
穿过人群流动的操场，纤繁成晕的校道
穿过一整场秋天
现在，他们站在一起
像一张合成的照片

火车晚点

钟声响起，时针分针平行转动
火车将到未到，候车室座椅空空如严厉的哨兵
扫地阿姨脱下黄色马甲，收拾饭盒看向回家的方向
寒气从地上升起，灯光高挂在空中
大地剧烈抖动，惠州城离我而去

车站外，是多年前熟悉的树
义乌商城行人匆匆，汽车占领道路两旁
末班车已过，回不去的是故乡
黑色的风衣披着我，从义乌商城前的广场
从大同路，从沿江喷泉，从珠河桥
从桥下翻身出水又跌入黑色的鲤鱼
从河中门口，从离开时双脚抖落的尘土
走向一个廉价的房间，打开电视
观看从房间里走出去的日日夜夜

春天的到来

目击这一刻空荡

重重叠叠被挡住的风景

重现在眼前

爬满铁锈的篮筐

掉漆的墙壁，门牌

尘土覆盖的桌椅

叶子长了叶子掉了

池水厚了池水薄了

微风卷起旗子，走过角落

现在它们都太孤单了

这些走廊、教室、黑板

曾被简单的心凝视、包围

没有空袭警报，没有炸弹裂开的声音

一切都静悄悄

孩子们去哪儿了

老师们去哪儿了

难道他们不知道

校园需要他们吗

印刷

下半年换了工作
在一个新的地方
夜越来越长了
每天行走在日光里
皮肤越来越黑的我
融进这不息的夜晚
陌生的街道，走着走着
我变成一张空白的身份证
飞驰而过的汽车与灯光
暴烈的马路烟尘，滴答水声
包围青年的工厂，出租房，校园
冒牌的店铺，糖与冰与甜
在我躺下来时，在梦中
在大车驶过时摇晃的房间里
时间一遍又一遍印刷着我的身份

爱与恨，知与爱

如果不是为了一点虚荣，我不会写任何东西。表达和被看见，是虚荣的一种。

写下上面这句话，六年过去了。年与时驰，意与日去，物非人非。

在我的三观和世界里，一个人有一口饭吃、有一口水喝，他需要喂养的东西就不仅仅是胃。凭这一念，我知道阳光好的时候，站在巨大的光亮里，自己有表达的欲望。一百几十个字，固然能说好一件事、一个观点，承接的工具也越来越多，但我始终认为，一句话的力量和一篇文章一部作品的力量是不一样的。在没有足够的耐心和体力之前，长文不见得能压得过几十个字，李清照一声寻寻觅觅冷冷清清凄凄惨惨戚戚，空前绝后。在长和短的对峙里，写一点小说，写一点诗，写身边的片段和小事，是喜欢，是取巧，也是一个写作者的本分。

小说有一种冷静的炽热，诗有一种热烈的温和。说道理，上杂文就行了。杂文是硬的，可以做武器；小说和诗，是软的。在小说和诗里，说话不能出声的，最好的表达和抒情还是要交给内容。唐诗宋词，多少儿女情长，多少家国是非，浩荡闪光的字句里，没有一篇大喊大叫"我爱你！""我恨你！"但也没有一篇，不是我爱你我恨你。

　　说什么事，抒什么情，拢共下来，都是爱和恨。写赞同写悲悯，是不是在反对一些东西？写批判写绝望，是不是在珍视一些东西？恨是爱的缺失，爱是恨的完整。

　　前面二十五个作品，青春感伤、儿时记忆、真实的虚构的死亡，里面有我很长一段时间里珍视的记忆和事物，有我小小的观察和幽怨。生活也是一样，不过是爱恨。喜欢、赞同、羡慕、渴望，都指向爱；厌恶、反对、躲避、放弃，到最后都是恨。

　　爱与恨，都源于感动。

　　在爱恨里，应拒绝无知的感动，有太多的文字沉溺于抒情，自怨自艾。更应拒绝以快感为目的的武断写作，热衷于价值输出，激情、渲染、重复，在滔滔不绝和种种名词里割开自己的脑袋，向众人展览，廉价而短暂。热情洋溢的风格掩盖不了背后的枯燥和空洞，在更隐蔽的角落，在自己的房间，人总是希望自己是真实的，而非虚构的。

　　抵挡柔软下去的诱惑，避免空洞的价值输出，两者皆是虚妄。

六年过去，今晚再次面对第一句话，感慨啊。

我未必不是被自己束缚，活在一个观念、一个意象里。我的喜悦、疼痛、悲哀，用流泪的眼睛看周围的一切，也极有可能困在某种执念、某种经验中。意识到这点，在好几年里，自己不知道该怎么下笔，同时很多的事情涌进生活，离校四年多，走进人海。在放纵和自我坠落的四年多里，我常想起木心，想起"知与爱永成正比。知得越多，爱得越多。必先知，无知的爱，不是爱"。人理解一句话，有时需要几秒钟，有时要好多年。

我常常误解了知识的作用，凡是跨时代的伟大，不论抽象的理论，还是具体的真诚，本意都是使人类向善，而非作恶。知，不是用来恨的。酒的本意，不是让人成为酒鬼。

知，是为了爱。而爱，让人知道更多。岁月如河，愿在爱与恨里走向知与爱，在生活里在句子中，走向更广阔的春天，而这也是前面二十五个作品从封锁的房间走出来的原因。我不是作家，也不是写手，甚至算不上一个写作者，写作也不会是我的职业，感谢与文字相遇，君子之交淡如水，但它们待我不薄，温暖我、冰冷我、压抑我、启蒙我，最后，教我知与爱。

人的成长，在最顶峰的青春时代，一旦跨过，往后，穿着何种服装，吃何种食物，躺在哪一个房间，本质都是走向衰败，不朽和今在永在，是艺术，不是人。但是啊，在衰败的过程中，在很多言不由衷的夜晚，有期待的事情在走来，有美好的事情在发生，而写作和空中高悬的月亮，也净化着我。

往后日子，要更勇敢，更热爱生活，好好地知，艺术地爱，在那么点虚荣里，走出光荣来。

刘杏红

笔名幸福，国际象棋教师。五华县作家协会会员，梅州市作家协会会员，广东省作家协会会员，五华县民间艺术家协会会员，梅州市民间艺术家协会会员，深圳文学会会员，深圳长青诗社会员，深圳宝安诗词学会会员。有作品登报或获奖，出版小说集《左右》。

我要在春节种一朵快乐花

春风吹来，刮走冬日余寒
温暖的树旁
我把残枝败柳从心中赶出
顺便栽下
一朵快乐花

我多像这朵花呀
忘记了尘世的喧嚣和烦恼
只在蝴蝶的翅膀上笑
为春节披上美丽的婚纱
新娘呢，就是太阳下的我呀

入梦的蝴蝶

一只蝴蝶　在某个夜晚突然来临
悄悄停在我的心尖
有无法表达的牵挂和思念
蝴蝶啊蝴蝶
你和我一样远离家乡
蝴蝶啊蝴蝶
你是否也在想念亲人
今夜
请你也入他们的梦
帮我了愿

一根稻草秆

他站在那儿
像祥林嫂一样述说他对谷穗的贡献
沉甸甸的果实　为何跟他无缘

一根稻草秆
在闲置的荒田等待
涅槃重生

今夜，我在书中醒着

今夜，我在书中醒着
高山流水，从心里流过

我知道书中有黄金
知道黄金可以加重生命

进入一本书，窗外
雨声小了，雷声跑了

那么多星光
从书里亮到书外

我醒着，在今夜
像书中那支燃着的烛

爱情

梦幻一样缥缈
又无比真实地来过

我在灰烬里找燃烧
在风里追着一片叶子

然后去小河边
听一条鱼在为谁歌唱

这是爱情吗
黄昏问我

落日不语
独自走进黑夜

谷雨

谷雨站在春与夏的交接处

像个无人疼爱的孩子

它在雨中奔跑　追逐自我

寒风突袭　打了个喷嚏　遭受隔离

一条黄线拉开爱的距离

难不成悲悯就能解决问题

不不　此刻

它和我们一样只需要一个"绿"来证明自己

童年梦

解了又编的辫子
在一遍遍反复的过程中
青丝染上白霜
最喜的漂亮蝴蝶结飞过她头
别在女儿的发梢

忙　占据着她的全部时光
哪有闲情去迷恋
跳绳　打石子　抓青蛙　钓黄鳝……
所谓旧童年的乐趣
遗忘　时过境迁
她奔跑在孩子
这个补习班到另一个补习班
接送上下学的童年里

在等娃的过程中
她打了个盹
曾经的愿望跑进梦境
她和孩子们都长出了翅膀
恍惚　迷茫　迷失方向
不知究竟该往哪里飞翔

月亮很美，迷惑很深

月亮很美，迷惑很深
属于火簇世界的人又怎会懂它的柔情

童年
奶奶说月亮很美　肉肉好吃
就在我抬头看它那会儿
直到一碗饭干完　肉肉还在奶奶勺子里
左右邻居却说我长得比谁都壮实

月亮很美，迷惑很深
与其说这是亲人间的骗局
不如说这就是一个善意的谎言

我心中的风铃木

风雨凄凄的秋日　草木开始凋零
独有风铃木盛开
火红的尊容因爱显得浪漫柔情
你在做一朵不再错过今生的玫瑰
火焰般的内心　为她
哪怕灼烧也要饱满绽放

被雨水过滤的站台
一清二白　干净的那滴水笑成泪
吉他小伙得到启迪　放下身段
唱着情歌　向那高不可及的姑娘大胆表白
深情款款的歌是明理的　它可以通向未来
此刻　整个世界都是那么温馨美好

你是我心中的风铃木
请不要为世间烦琐门户驻足
爱　就让我们在同一个枝丫上绽放吧

这个周日

红日初升，翻阅家乡这个词语

内心还在澎湃

这个周日　家里要来客人

待客之道没有变

老母亲不放心我下厨

平常体弱多病的她　一改常态

还如当年　手脚麻利准备食材

煮饭统筹数学题

做得比我这个数学老师还要精准

尽管老父亲在一旁调侃我煮的某款肉食

曾让他回味多年

母亲还是让我素食多年的慈悲感染

《地藏经》我不下地狱谁下地狱这句话

曾让我伤透脑筋　此刻突然得到验证

惊悚间　太阳光芒照射大地

寒凉的冬季满身暖意

不必赘述　父母亲的爱没变

家乡待我依旧如初恋

我和春风一起来

当麦兜要结婚的消息传遍乡里的时候
梅花不再露出娇羞的笑脸
柚子树下的一群小动物们
都在蠢蠢欲动密谋什么勾当
春天从梦里醒来了
蝴蝶离开庄周
花骨朵把情诗开放
哦！这里将会是盛大的婚礼现场
多么羡慕王子和公主的童话
主人公一遍遍过滤宾客
所有人都去了
剩下没有身份的我　怎么办
不行　我得和春风一起来
去做你们的伴娘

透过长满青菜的清晨

透过长满青菜的清晨

强迫自己把情感交出去

你说孔雀脉菜和艾草

都是为我量身打造的精神食粮

你愿意走进我素食的天堂

我不断拷问灵魂　这一切是否真实

我经过你的情感路口　也数过春天数码

见识过锦上添花　见识过欣欣向荣

唯独没有见识过雪中送炭

底层的身份让我只能在油烟中打滚

鲜花灿烂的日子

请原谅我对它艳丽的熟视无睹

这一刻　我只能为柴米油盐折腰

多么稀罕的夜
——写于儿子在部队第一次站岗之夜

传来的照片里

你举着盲夜的花束

耸立成新疆喀什的灯塔

也为自己的华丽转身作铺路

这里没有物质攀比

没有王者荣耀

只有一颗为人民服务的心

同样的黑夜

你曾经干过傻事

把青春前半部分拆成破碎零件

用游戏　把夜消耗

今夜部队帮你把这些零件拾起

如同聚集柴薪

等待众人来拾　等待你变成火种

不用太高深

可能一点星火就能照亮世界

这就是人民军队的魅力

亮堂的故乡路

认出了儿时路　那赤裸全身的纯真啊
是小溪里曾有的梦想
放牛娃就像当年的皇帝朱元璋
一声吆喝　全村牛儿跑出来　山坡便闹腾起来
他　是导演　是主角　唱着一出一出的戏剧
游动的小鱼最怕他
看见他分明就是看见刽子手
不　还有人说他更像运筹帷幄的诸葛亮
从长衫羽扇的画卷里呼唤出村庄明亮的眼神
有那么一天
村庄黑夜的路　突然全都亮堂了

客厅的秘密

站在小朋友布置的客厅里
我不知道他们的世界与大人是否有距离
小家布置的侧影
能解密多少人的内心世界
此刻　我以审视的态度探究秘密

意境和审美的偏颇
单调不为人知的抑郁
主人公文化的雅致
高深莫测
深邃辽阔得没有答案

好奇害死人　逮到一个小朋友
询问设计思路
答案很肤浅　很无味
我却偏要走进意境里去感知
如同看见卸妆后的美女
看美女不是美女　看美女还是美女

又沉醉在直播里

从香港红磡到无界文学

又是一个追星夜

温暖地活着　现实的回响　生活的诗意　命运的脚本

　文学的礼物　无界的世界

六个乐章与作家们的灵魂沟通

虚虚实实热闹非凡

独对雨打芭蕉　留下深刻记忆

文学没有音乐会的火爆场景

也没有想象中那么冷清

结构与主题跟文凭没有多大关系

只有书会带你超越

这一刻

翻开书籍　聆听心声

最后把自己逼到唐诗宋词里

不再追问是否阴晴圆缺

让心找到深邃辽阔的归属

经过那个渡口

魂牵梦萦的风景

是朋友记忆中的浣衣石上的闲谈

回家的路不再遥远

一直寻找那件被水冲走的白衬衫

踩着你的心弦　经过那个渡口

长潭风景区　初次见面

涟漪泛滥　不能自已地复制你的心跳

一方水土养一方人

见过　你清澈的眼眸　不用解释

一下水就暴露了爱的偏执

女船家悄悄松缆　缓缓驶入山水墨画中

不慕地神　不慕仙

要求很少很少

只盼是那对鸳鸯　悠闲戏水　乐无边

一辆老凤凰牌单车的独白

当年，拥有一辆凤凰牌单车就如同今日拥有宝马车一样神圣，再次看见它，那乡间娶妻的影像如同放电影一一在脑海里萦绕。

——题记

足以代表身价的傲娇如一壶客家娘酒
那是爱情的残液
是家族尊严的体现　最终决定婚姻成败
多少人为之沉迷而又陶醉
凤凰的招牌里写满缠绵的字句
坐在后座的女人有着说不完的情话
啊　这一生　啊　拥有它的这个女人
我敢说
它那温暖的怀抱　永远为爱的降临所准备
更是为幸福女人特定的位置
此时此刻
一个爱　一个被爱　两个人
载着他们那个时代的罗曼蒂克爱情故事
从故乡的乡道里驶来

失眠像座山

子时的绵羊到丑时再到寅时
我追着它
绕星星躲月亮
最后在一棵树上停下来喘息
猛然看见
蜻蜓、蝴蝶、蜜蜂、蚂蚁……
都在往高处移
我也紧跟脚步迎上去
失足掉进悬崖的一瞬间
梦叫醒了我

这个腊月

腊月
深圳凤凰山公园绿树成荫
几朵红色小花　评头论足过往行人衣着
有长有短　有薄有厚
道旁的树
它迷恋这样的季节

一只蜜蜂飞来
落在花裙子上
当作春天的花朵

在甘坑客家小镇寻找自我

甘坑是一个客家小镇

它　普通得像深邃的人性历史

很多人在这里找寻自我

有的穿着旗袍　有的衣衫随意

他们在同一条路上踩着小石子前行

走进《汉书地理志》　合上书本

从诗意的光照中拾起十八岁的容颜

阻止苍老嫌弃红叶　企图穿越

就会让岁月停止吗　这个答案有些深奥

我也在这里迷离清晖

伫立在熟悉的客家城楼前

学习来拍照的红男绿女

用美颜掩盖流年

眼尾纹和路边裸露的树根一样真实

像省略号穿插在微风里

瞒不住大众点评

永远的端午

农历五月初五　我徘徊在湾区的海边
海浪咆哮着冲击岩石　没有粽子
我不知道鱼儿为什么还要跑那么快
很想问一问它们是否还记得屈原
海面非常平静　如画卷敲出意味深长的低语
光阴慢下来　我停顿在远方的呼唤里
有关诽谤　有关排挤　有关流放　有关投河
有关比拟或是象征　时刻为忠诚的方向辩护
在现实的断层中　这个故事犹如活化石
永远地　藏在人们的心中

取一片家乡的月光为你照亮梦想

把家乡的月光纳入口袋
把牵挂的琴弦弹响
站在梅江桥上
往有你的方向奔跑

今年与往年不一样
疫情让阖家团圆留下遗憾
有梦想的少年
不能相聚的日子
我在一首诗里等待你成长

白月光在家乡为你照亮
青春和梦想
不再有虚度光阴的故事
用唐诗宋词为你谱写成功的华章

每天读书会这群人

这一群人太真实了
他们以一天的时间为标准
小惩为约束
坚持做这么一件事
——读书

这群人太犀利了
从古至今
从国内到国外
小说、散文、故事、诗歌……
灵魂与诘问在深思
高山流水　天马行空
用喉舌演绎文字

这群人像菜市场大妈
每天穿梭在读书群
或一言或半句　或抑扬或顿挫
普通话　粤语　带着浓郁的家乡味
不管是日常还是逢年过节
自律　是一面镜子
折射自己的行为

我也是其中一员

曾经满嘴跑火车瞎折腾

这可急坏了群主冬夏

她言传和身教

交给我和我的小伙伴们

一把抵达读书理想的钥匙

要求不高　一天比一天有进步

一段音频

就是一个人自言自语的对话

我沉醉在声音的写真里

没有想过成名成家

用不痛不痒的音质表达

权当给往昔不好好读书的过往

补一墙高贵的泥巴

在最后一个节气

在最后一个节气

从殡仪馆回来　不能抹去的悲伤在白雪里凝固

战战兢兢地从衣兜里

掏出一朵早已干枯的红玫瑰

说着柳暗花明的故事劝慰失去亲人的友人

像这样的离别与雪上加霜一样的寒

传说中的幸福都是从绝处逢生的

还是相信在呵护中能找到涅槃重生

为她还在继续的日子

拉了拉三九天特有的纯棉外套　从中找到切入点

设置一个温暖的主题

种下将来可以依靠的参天大树

抱住的那一刻　开心在左快乐在右

要暖就暖它个满树通透

再点亮一盏明灯挂最高枝头

一起陪伴着越过最冷的夜　向春天出发

上山是一场对弈

石阶是国际象棋棋盘

沿绿道往山上　是对弈　是激烈的战斗

有无数英雄往山顶攀登

道旁树是围观客

流水声如战鼓

簕杜鹃是女王　小花小草是兵

蝴蝶蜜蜂是车象……

风起　甜言蜜语　迷惑　自我陶醉

号角一响仿佛陷入无限虚空

总想超越　总想分出赢输

欲望过剩的结果倾向于中庸的人生

又有了和气生财之道的劝解

不得不在第三种的活法里打滚

善良让相信无法自拔

上山即是对弈　是那么美好又那么残酷

闲聊夜色迷人

深圳的夜很迷人
盯在钱眼里的我工作很忙
无暇顾及的风景成了我脚后跟的鞋印
这是我回梅州闲聊的话题
我的心在老家　父母的心却一直惦记儿女
然而突然的相聚
陪父母兄弟悠闲行走在鹏城街头
放慢脚步很想一起去看海看摩天轮
父母却更想去走亲戚
执拗的做法给夜添上了些许色彩

今晚深圳的夜很迷人那是不容置疑的
这样美的夜
让我想起童年父母亲带我们去
几公里外看电影的情形
精彩情节始终在睡梦中一闪而过
闲聊中叫不醒的遗憾一直都在
角色变换
聆听祥和的酣睡声
父母亲居然在我闲聊的诗意里睡着了

一个人的寒露

没有危险意识地继续往陌生地段冲

按下了隐秘世界的按钮

和流水说说话　与小桥握握手

在这个不为人知的戏台里

我的身份非常特殊

是导演　是主角　还是观众

风景像看电影一样不把我当一回事

塔懂我　却不愿敞开心扉

雁也懂我　却展翅高飞而去

它们都有自己的原则

我装模作样地表露出不在乎

擦肩而过的路人说

寒露日短夜长

一个人　恐惧　夜来得太快

赶紧拍拍屁股溜下山

离开不属于自己的地盘

丢下有点沧桑又有点浪漫的答卷

给后来者感悟

我是如何走上诗歌写作这条路的

一、诗歌启蒙

"田木君"一个充满诗意而又有点日本化的名字，它居然是我堂哥刘果的笔名。看到这里，我已经猜到你想问什么了！没错！有笔名的他确实是诗人！也是我的诗歌启蒙老师。

那年堂哥考上了梅州嘉应大学的中文系。套用伯父的话形容读了一学期大学的他："有点狂妄自大加自命清高。"为什么这样说他呢？因为他在那年的除夕做了一件很出格的事情：那就是把家里早准备好的"一年四季行好运，八方财宝进家门"的对联，换成了他自己写的"谈笑有鸿儒，往来无白丁"。简直把长辈们气炸。为此，我们一直和和睦睦的大家庭，第一次吵得天翻地覆。而在一旁看热闹的我，听着堂哥和长辈们有理有据的争论，知道了他写的对联出自刘禹锡的《陋室铭》。谁也没有想到，这居然激起了我了解对联、好好读书的欲望。

堂哥的出格不仅仅表现在换对联，还表现在大年初一不去给长辈拜年，而是聚集一帮同学，在家里开诗歌朗诵会，借小伯父的话说："那才真叫出格哩！"

无怨的青春

席慕蓉

在年青的时候

如果你爱上了一个人

请你一定要温柔地对待她

不管你们相爱的时间有多长或多短

若你们能始终温柔地相待　那么

所有的时刻都将是一种无瑕的美丽

若不得不分离

也要好好地说一声再见

也要在心里存着感谢

感谢她给了你一份记忆

长大了之后你才会知道

在蓦然回首的刹那

没有怨恨的青春才会了无遗憾

如山岗上那静静的晚月

大冬天穿着裙子的小姐姐，捧着花香浓郁、五颜六色页面的《席慕蓉诗集》，深情朗诵的画面一直在我脑海里萦绕。第一次接触现代诗，虽然他们朗诵的我大都听不懂，却能感受到很唯美。趴在门后面偷听了半天，也就是从那时候起，叫"诗"的种子便在我幼小的心灵深处生根发芽。

　　最后堂哥也拿着他那写满诗词的笔记本出来朗诵：

啊！您这条东方巨龙
……
泱泱华夏看繁骄

听完堂哥的朗诵以后，我居然脱口而出说出了：

泱泱华夏看繁骄，此诗就像车大炮。
华丽辞藻一大堆，实例唔田有一条。

　　"哈哈哈哈，刘果，你妹妹太有才啦！山歌点评非常到位，没想到她小小年纪不但懂山歌，还懂诗哩。"

　　堂哥的同学听了以后一个个赞不绝口，还把我从门后面拉了出来，那个漂亮的大姐姐更是喜爱地把我拉到她身边，还亲切地问我是怎样学会写山歌的？当知道我是听多了乡野山歌自学成才的后，又夸我是一块"待雕的玉"，后来还跟我说了很多诗歌知识，还告诉我山歌与诗歌的渊源。

从那时候起，堂哥便开始重视我，不单把那本写满诗歌的日记本送给了我，还利用空闲时间给我讲一些文学知识。可惜当时我还小，听得很是懵懂，更遗憾的是堂哥又英年早逝。没人指点，外加书籍贫乏的情况下，我的诗歌梦就这样夭折了。

二、卫铁生诗人对我的影响

2017年年底，无意间我莫名其妙地走上了写作之路。结识了很多文友，他们给了我很多建议。有一天，文友卡娃鱼突然告诉我有一个卫大诗人，诗歌写得如何如何地好，如何如何地令她佩服，要我学写诗一定要多看他的诗，要好好学习他的写作手法。

知道卡娃鱼爱开玩笑，对于她的话，我向来是听听就好，从不在意。然而当她真的把她收藏的诗发给我看后，却让我震惊了！欣赏学习过卫铁生诗人的很多作品后，发现他的诗里蕴藏着深深的禅意，语言鲜活，表达流畅，清新优雅，一首诗就是一道亮丽的风景线，品来让人觉得意犹未尽。脑海深处突然就有了写诗的冲动，也动了拜他为师的念头。缘分有些时候它就是这么奇妙，一个偶然的机会，同在深圳的我们在一次聚会上认识了，并加了微信。他的微信每天一首诗地更新，他告诉我：写诗其实很简单，就是用诗意的语言说话。把自己的真情实感用诗意的语言表达出来。不是说熟读唐诗三百首不会写诗也会吟吗？就这样，每天在诗歌的滋润下，灵感来了我也能附庸风雅地写上几句分行。一发不可收地喜欢涂鸦几句。

三、王跃强先生对我的影响

"幸福，你的语言和你的文字一样，大白话，毫无诗意。"正当我对自己能写几句分行而沾沾自喜时，王跃强诗人的话给了我当头一棒。我终于知道我写的那些东西充其量就是分行文字，说诗根本算不上。同时他鼓励我要多读多写。

在他看来：成为大诗人的首要条件就是多写，多写才会进步，才会有精品。让我对文字有了敬畏之心，不敢随便下笔唯恐亵渎了诗。甚至还有放弃写作的念头。也是在此时，王跃强先生把我拉进中国诗人群，在中国诗人群，我学到了很多。尤其是王跃强老师的诗论让我感触良多，现摘录如下：写诗在我看来是一种修行，就好像佛教徒吃斋念佛，焚香打坐，必须有一颗虔诚之心，敬畏之心；我以为诗歌所传达的是人类生命初始所拥有的一种精神：清澈透明，圣洁虔诚，那是婴儿的牙牙学语，也是智者的临终遗言，没有尊贵卑微，只要用我们洁净的味蕾，就能重新体味人生的绚烂，因此，当我们沉浸在诗的创作中，人的灵魂是高尚美好的。

精品诗作的产生必须经历漫长而痛苦的过程。它是作者长期积累，不断思索，删改，再删改，在工匠精神指导下，呕心沥血打磨出的钻石，想想看，手中握有钻石的人能有几个？因此，个人以为写诗既是一种自我释放，也是自我负重！

诗歌是语言的艺术，诗的至美在于语言张力以及由此创造的意境，我想我们应该从唐诗宋词中汲取营养，让自己的写作技巧更快进步。

诗歌要有诗性，不能直抒胸臆，要学会准确创造意象，做到心中有数，清楚所要表达的意象是什么。同时尽量追求诗歌的唯美性，大词和概念性的词要少用不用。

写诗要根据情景写，注意场景的准确性与合理性，但也可以根据需要而加入"虚的东西"进行渲染，若是糅合得恰到好处，会是点睛之笔。

尽量从小切口入手，注重细节，学会铺垫。一首诗歌从头到尾的表达要连贯，不能跳动太大，可以没有逻辑，但是要有线索。最好抓住一个点来贯穿，前后有了联系，读起来才不散。诗歌里的细节可多可少，但要学会在细节中体现感情的真实性，做到"可靠"。

写诗的基础阶段要学会掌握一些技巧，如通感、反衬、有生命和无生命之间的转换。

想要真正写诗，长久地写诗，写出好诗，就要舍得下功夫。并不是每一首诗都是天赐的灵感，对于有些题材，需要查资料就要去查，不能怕麻烦，要坚持"准确性"，做到谨慎细致，对自己和自己的作品负责。

四、重新拾起自信

自此以后，我对文字有了敬畏之心，在诗歌的十字路口徘徊不定。是冉正宝教授让我重新拾起了自信。我听他的讲座，他为我写诗评，并推荐我的诗入选《诗参考》专辑，说明我写的诗没有想象中那么糟糕。他告诉我："好文章都是改出来的。"不是说灵感来了就会产生一篇佳作吗？每当我有灵感的时候，不管写得好与不好，我都会记录下来。等有时间的时候再慢慢修改。功夫不负有心人，终于，我的诗作《我要画一幅新时代上河图》荣获 2021 年"弘中华文化，颂全面小康"传统诗词及现代诗征集活动现代诗词组一等奖。这也证明我是可以的！

最后我想说：趁着还年轻，趁着还有一些激情，把自己的日子过得有意义，用诗意的语言记录一下这样的影像，我会一直做下去，让自己的人生无悔。

树懂

本名何树荣，另一笔名何随心，广东惠东人，毕业于华南师大中文系，先后在学校和党政机关工作。业余写诗多年，作品散见于纸媒体，多发于新浪博客、今日头条和中国诗歌网等网络平台。

与大地同秋

不是从几片黄叶开始
秋天，早已潜藏在我心里
像一首早已生成的诗
散发果实成熟的气息——
我与大地同秋
感受着能给予的欣喜

几场雷雨过后
田野的稻禾努力生长
田埂上，大路上
人们在为生活奔忙
继续春的骚动　夏的激昂
争取这个季节大地的恩赏

我与大地同秋
没有时间悲凉
只想把最美的收获
给我爱的人亲手送上
我要看到欢心的笑容
像秋天晴空一样明朗

折花行

折下一朵花
等于要了花的命
问题是人们
从不这样认定
只因喜欢花
折一朵在手
会带来好心情

将俯视的权利
赋予自己
俯视一朵花
久久凝视
直到发现花
就像夹在言语中
一声轻柔的叹息

今天
修习了大悲悯
钥匙却不知
落在了哪里
只想着

怎样写好一首诗
怎样悲悯自己

风中的旋律

树木，楼宇，那些物
与空气的声，高低相和
这风中的旋律，带来感动
也许是无常世事的巧合

偏僻路道响起脚步声
有岁月如梭的节奏
一曲终了，惆怅莫名
青春残梦的碎片压在心头

风中旋律，大地说话的方式
昨日朝阳，眼前渐柔的夕晖
这个日子发光的句号
染红宝塔、大桥和江水

夜的黑幕不久就要合拢
街上的车辆两眼发光
远看是两列躁动的甲虫
喧嚣着，走相反的方向

菩萨安坐在城北的山上

是永远面目慈悲的模样
山下是人民医院
像一座庞大的机械修理厂

那声音，不像生命的哀鸣
像是金属损毁的厉响
风中的旋律，如神兽的影踪
倏然消失，不知去向

生活的黎明

霞光勾勒出山的廓形
画面如传说中众神的黎明
山中的鸟兽离太阳近一些
不知是否比人类先苏醒

越来越多的车发动了营生
早餐店锅上热气升腾
油条豆浆计入一天的成本
无数耳朵开始消化手机铃声

城里人每天早起忙个不停
偶尔看见天上掠过鸟影
也会感叹人的自由不如鸟
不得不忙自己必须做的事情

我们也是很忙很苦的——
晨光中传来鸟的一声长鸣

遇见慕士塔格峰

我到达时
恰好天是那么蓝
慕士塔格，巍巍的洁白
不再遥远

隔着一水
你在，我看
风扯着我染黑的发
骆驼在一旁神色淡然

我来自万里之外
心中还有万水千山
就这样吧
在年轻的帕米尔高原
慕士塔格，我是过客
遇见之后，仅留一念

形而上火

那长长的巨舌你始终无法回避
你的形骸如雷击过的乔木
在远近高低的苍翠中
回忆活着的滋味
像沐浴在暖洋洋的水里
慢慢溶化
或者像一颗糖
含在造物的嘴里

但那长长的巨舌你永远无法回避
它像来自炼狱深处的旋风
像魔神的诅咒
又像情人的热吻
像牵着你，很久以前
从阳光下走过的母亲的手

在黑夜的迷离处
你听见自己的灵魂
爆发了烧响之声
却感觉不到痛苦
你睁开眼睛

只见漫山遍野的光焰和浓烟

冲天而起

在照耀，在弥漫，在消逝

白发生

发渐白
像一种预言
说着未来

覆着的头颅中
深种的梦
开紫色的花

一茬又一茬
时而开在故里
时而开在天涯

发如雪
白了岁月
不掩梦里芳华

三行三则

来世

望天，想象着
在死亡的背面
风吹走所有的遗憾

纠结

面对大片工地
点点头，那一刻
我想歌颂大地的伤口

自渡

解开这艘旧帆船
等到水中夕光渐暗
你不来，我独往彼岸

你的狮子

我是深藏在你心中的神兽
是你生命与灵魂的一部分
此生与你同在红尘深处
你的放开是我爱的自由

此生此夜到未来无数夜
你感到危险隐伏的时候
不要慌张，也不要忐忑
我会忽然回到你的心头

现在我完全是孤独的化身
远远感觉着你在人间游走
盼望回你的心中安然长住
为你驱走不时出现的忧愁

故乡随想

山圈起的村庄很小
我没感觉她失去自由
也许只是因为
山还给了她一道河流

童年时我就幻想
这条河可以流多远
流过的都是什么地方
现在知道又能怎样

出村的路曾经崎岖
如今行车已不会摇晃
摇晃的是心底的记忆
模糊印象中浮出惆怅

山比以前矮了许多
河还静静流淌在村旁
我走到小河边发呆
水中的身影两鬓如霜

我回来了我知道

不会回来的是旧时光
河面有只水鸟游过
它的彼岸不是在远方

关于火的猜想

红，黄，蓝
三原色，原来
都是火的颜色

不知创世之初
火从何而来
所有的学说
都是推测

我想，地球
就是太阳的女人
所有的生命
都是太阳的后裔

人类的灵与肉
源于太阳之火
是宇宙中
玄妙的奇迹

墓志铭草稿

他活过
不长
某日死于爱情
只是尚未下葬
还能为自己的心
写下墓志铭

他不用笔
这无关紧要
食指划过手机屏
像漫长的岁月中
爱情的刀锋
缓缓划过生命

一遍又一遍
草稿的墓志铭
字写下即飘走
飘走又不断有回声
如蒲公英再开
梦说彼岸花的永生

撒野

酒在血管里撒野
爱在灵魂中撒野

那时，陈年旧伤
以隐痛重复决裂

界限永远划不清
梦里又向谁撒野

都是怕孤独的灵魂
都是爱尘世过客

愁绪

黄昏无端生愁绪
手持杯酒感时光
秋花了了，秋野茫茫
转眼黄叶露成霜

楼高堪望远
天霞降，落入明眸应未凉
丝丝心网何必结
从来羁绊，醉是苦回肠

出入界限的水彩

画一头野兽

运用水彩抽象

最具张力的部分

古老故事高潮情节

生命交响曲前奏乐章

隐见野性穿行丛林

出入过秘境界限

在秩序中打盹

温和如阳春

敦煌情话

岁月是无休止的风沙
埋藏了无数冷却的情话
今生我又梦见你了
想问一句你还好吗

我的心最坚硬的部分
能与刀剑碰出火花
却总有几处缝隙
流出千年不绝的牵挂

走着轮回的旅程
今天的你还记得吗
你饮过的如泪的甘露
将重现于我的明日天涯

一个人和一条江

他死了，死在江水里
用这种方式结束自己的失败
那一刻，他怀着什么心情
悲哀，慷慨，抑或无奈
江水不知道
后人也只能猜

悠悠两千三百载
人去久，江还在
波涛荡漾着他的影子
穿越一个一个时代
穿过大地的胸膛
穿过城市和乡村的血脉

因他，世人皆知汨罗江
因他，诗人另解成与败

今天不是咏叹的日子

记忆
流动蒙太奇的片段
阳光挥下针齿梳子
梳理树上参差的枝叶
路上的影子迷离
与昨夜一起消失的梦境
模糊地重现在心底
且行且歌的闪念
在人群的喧哗中静止

你
这时不要回想远方山水
不要思念一个人
今天不是咏叹的日子
且听风掠过树梢
一片树叶落在空石椅
像一句神秘的偈语
如果今夜仍然有梦
你将懂得这条路的意义

别急着赶在季节的前面

别急着赶在季节的前面
到岁月的深处，终要回头
风过之时，掀起生命的卷轴
奔走的影子像梦境一样模糊
追逐阳光的脚步，千里万里
把美好的瞬间丢在旅途

你急于听到远方的雷鸣
没听清花开的声音，轻柔的叮咛
忽略了关切的眼神，你急于
看到结果，却错失了过程
你的心飞了很久，很远
甚至让眼前人感到陌生

别急着赶在季节的前面
到岁月的深处，终要回头
回头时春秋画卷茫然黑白
地老天荒不再有人等候
只因当初，你随风飞奔
没有珍视为你祝福的手

传人

那些被传统和寂寞选中的人
表情严肃，语词如珠
喜欢在竹林下的阴影里
用河图洛书的灵感
测量天地人的真实距离
一代代守望经典的果园
那里结着几千年智慧的果实
弥漫天堂与地狱混合的气息
夜里他们习惯于仰望
历史的天空，星光熠熠
许多一本正经的君子脸
被亘古不变的月光烤炙
定格为乳房的形状
恍惚中有源源不断的乳汁
让他们健康成长
长成中通外直的竹子
无花无刺，温良恭俭
到如今，迎着时代的欲望风暴
仍摇晃着最后的顽强

我以为你真知道

昨天
你挎着篮子
从早到晚
不停地收集，采撷——
果实，精美的石头
迷人的花朵……
我以为你知道
自己想要什么

很好。你总是忙着
篮子里装得越来越多
一路走来
你慢慢学会了收获
学会了交换和分享
也学会了争夺
我以为你真的知道
自己想要什么

篮子重了
路途坎坷
天黑之前你累了

你终于放下，沉默
我以为你真的知道
自己想要什么

灵魂之镜

天马在云上驻足
隔着尘烟看
那是远远的自己
陷于唐镜的铜面
被时间的锈色沁入
照不见永在的期盼
映不出生命的真
曾经几番变幻

也许爱的所有
都随命运的长河水
流向大地的低处
当水面平静时
才会有一面镜子
映出灵魂的云图
心就这样
抵达信仰的高度

且看荼蘼

你，匆匆
不停地往前走
我，透过经典
看到了路的尽头

雪白的，荼蘼花开
赫然在春去之后
花语无声
把生命的谜底说透

小满时节，落尽繁花的
树，青果满枝头
如有所待
不只为秋天的成熟

慢走，且看荼蘼
不迟不早，开得正是时候

默想录

在命运的悬崖边感觉深渊的凝视
经文如碎纸片纷纷扬扬飘过脑海

对这个世界含辛茹苦爱了很久
当一切如风中幻影时还会再爱

秋风再一次唤起蓝色的忧伤
万念空空只是一刹那的状态

天空从不是乌云白云的家
星辰都是穿过亘古的色彩

今夜只剩下一轮圆月
心怀着时暖时凉的洁白

月下的影子随意忽略
数字牵扯人间乐与哀

高楼将人们格式化
城市进入蜂巢时代

我在贤劫的尽头以水为火
取得仁厚地母最后的爱

我听不停报时的潮音
唤起鸥鹭飞舞的节拍
扇动我长久的静默

水面天光如未来
沙滩秉性柔软
赤裸的人笑声欢快

我在想世尊之所想
从未觉菩提花落入心海
这时的我如礁石一样存在

释放与"自了"

20世纪80年代，我在大学读书时，阅读面广了，内心被许多好的诗歌触动。那时正值国内诗歌热兴起，作为中文系的学生，自然深受影响，于是参加了由爱好诗歌的同学组成的"旋律诗社"，从此开始了与诗若即若离的纠缠。毕业后参加工作，没有多少时间用于写作，诗歌短精快的体裁特点，就成了我业余搞点创作的首选。

断断续续写了几十年，对诗歌理论没有深入研究，只觉得写诗其实是多种因素交互作用而产生的行为，我的认知大概如下：

写诗是感知意义，调动经验，展开想象力，赋予情感，并用凝练而富有张力的语言，呈现出情思场域或意境。

为什么要写诗？这个问题与为什么要爱，是差不多的。一个人的精神能量累积到一定程度，自然需要释放，写诗是一种挺有效的释放方式。所以，诗首先应该为自己而写，是一种精神上的"自了"，传播和交流是由此而衍生的价值。利己而利他，何乐而不为？

然而，写诗的人多数是天生敏感的，感知意义积累精神能量的过程较快，并且这种过程会因写诗实践的反复而强化，导致精神能量的积累和释放失衡，可能会出现"无赖诗魔昏晓侵"的状态，像是病了。因此，写诗是有危险的。要脱离危险，得强化修行，首先是扩大精神能量的"容积"，有容乃大，其次是提高语言艺术表现力，让再多的感想，都能畅通地发。

张乐恒

　　〇〇后，笔名禾川，惠州市作家协会会员，在广州华商学院读大一。创作诗歌二百余首，诗歌散见于《惠州日报》《东江文学》《惠州文艺》《大鹏文学》《诗歌地理》等刊物。

泛潮
　　——火烧云的血色

云层像汹涌的鱼鳞

巨大的脉搏在天的深处搏动

在夕阳下闪着凌乱的金光

那是天空泛起的海潮

它冲击着，回荡着

沉入阳光洒落的河畔

流向回旋着洋流的大海

它击打着我心中盘飞的海鸥

我乘着它的翅膀追逐自由

它亲吻着金色沙滩上

时间的沙流

不觉间

天的海潮深暗在波涛的怒吼中

吸入同样灰暗的土地

淹没了世间的一切

云层上渐渐泛起的红潮

是血腥的人性在天空流淌

像深处潜藏着的暗流

随时准备将我撕碎，毁灭

无论是肉体

还是灵魂……

牧羊人

世间生灵栖息于你的目光
抬头，无形之手将神山笼罩
行走于此间，牧笛空灵悠扬
失去白昼，失去黑夜

放牧于众生
辽阔的灵魂不染纤尘
你将生命的纯白蔓延
你把澄净的梦归还

大地无垠
你跋涉在你的王国
宁静的岁月里
万物奔腾向前

鲸

这是一段亘古的生命
被命运赋予姓名却失去意义
在无休止的潮汐中探寻
衡量万物的尺度

空洞征兆。悲怆呜咽
庞大的身躯吞吐着汹涌
灵魂在错综间交织汇聚
游戈于前世，孑然于时间

普罗米修斯

走过几个斑斓世界的剪影
匆匆带走几个黎明几个黑夜
带来太阳，最崇高的赞歌
太阳金色的泪水，落向普罗米修斯

以永不熄灭的声音……
高歌死亡枷锁束缚的生命
自远古而至的灿烂火光
向我传递对"光"的思索
多少个黎明与黑夜，我在此等候
我会记住太阳，最崇高的赞歌
我会记住太阳金色的泪水
从生命之林的风中燃起

沙漠之舟

——劳动者之歌

一队长长的足迹

从晨曦向暮色绵延

远古的墓穴

风沙四起

远方终是一场海市蜃楼

黑色的太阳

铺天盖地

火光惊醒一群胡马

嘶鸣，自荒原的尽头

沙海向绿洲涌动

驼铃声声

跨过千年的乐曲

狂风骤起

是大地沉重的喘息

绿洲

是终点，亦是起点

沙漠之舟耸起的沙丘

藏匿着一腔泪水

古城寻人

迈入古城
我如一位擅闯尼姑庵的游侠
手足无措间，撞碎
水缸中盛满的明月

破碎的明月光，溜出一袭白衣
你乘着醉梦中的剑气
伫立于城门之上
化盛唐为股掌的明珠

恍惚的天地一片空白
对视间，一片空白
空白的我，掏出空白的诗卷
空白的你，空白地笑着

朝阳迎着晨风升起
芳草萋萋的古道
你我相谈甚欢，举杯痛饮
古城勾勒着金边

谈至兴起

你说想要登上城门题诗
车道尖锐的鸣笛声响起
抬眼间，已是千年

一页页空白的诗篇飘零
撒满古城

概括

幻想将未知概括为希冀
口舌将思想概括为言语
岁月将悲欢概括为往事
死亡将我概括为尘土

匮乏

你无法迸发
一颗紧紧蜷缩的心
深藏的宇宙
正如你不曾知晓
光的嘈杂，风的沉重
你只身荒凉地奔赴岁月
只留下一行溃烂的伤

没有星星的夜晚
平凡得如同拥挤的车道
你用回忆细致地数着
遗漏的，晨雾中飘荡的
被钢筋水泥咽下
生命的色调

旧梦

他们在雨中重逢
情人眼底，绽放的蓝色火焰
宁静而热烈。四面枪声响起
这一秒，只愿停在风里
让眼泪流回血液，旋转的光
圣洁的雪山，梧桐与玫瑰
以浪漫之诗的代名词
告白。沉溺于繁星

电子荒原

他的键盘，密集排布的核按钮
凭借原始的语言。上膛
一颗颗静待刑判的子弹

丑陋的乌合之众，飞上云霄
俯瞰草原温顺的羊群，雪山朝拜的信徒
打量着，阳光所至的每一寸领土

电子荒原的角落，舆论洪流
浩大地围猎，肆意地分食
被断章取义的生命竭力爬行

此刻，三更的梦里
敲击时代的网名，在光怪陆离中沉溺
美丽的新世界没有星星

归客

你沿着深秋的掌纹
带来一束枯枝
半截熄灭的叹息

在寂寥中相见
就着晚风与明月
饮下苦涩的言语
将长路祭奠

晚安

月光洒满月光，风吹散风
无声的川流，瞳孔中倒影霓虹
描绘人间，聚散离合的幻灯片
一帧帧泪痕，迷失轮廓

当我谈起半生，牵紧命运的手
午夜的街巷弥漫灯火
大雨滂沱，飞蛾扑落
一座孤岛。蜷缩在喧闹中

晚安，世界
祝你做个好梦

但丁

中世纪的黑卧在云层之下
阳光照不到它，世间万物由它笼罩
中世纪的黑是泯灭的时代
它在古铜色的漫长的历史中生长
痉挛的手将云层撕开
一片燃烧的赤橙中伸出的手
将天空的云层撕开
你笔下的诗句是生命，它呼吸着
呼吸着中世纪漫长的黑夜
它是生命，从无数的死亡中孕育
燃烧着，黑色的浓稠的空气
黑夜在古铜色的漫长的时代中生长
没有火炬，将没有光明

寻找卡夫卡

早上好！我记起故事的末梢
倘若生而荒凉，死而沉重
支离破碎的河流，燃烧的风
穿过千年时光，落下帷幕

石头先生告诉我
今夜的月亮不属于人类
戈壁洒下青稞雨。伶仃的城
胸腔的鼓，沉闷地跳动

我没哭，我坐着
我已然忘了想念

阴影

浸润着红宝石的湖水没有影子
天空从地平线升起
天空没有影子

森林从云层拔节生长
顷刻间覆盖
而无光之处也没有影子

人类从进化之梯中走来
深藏于文明之中
无数次拆解重构的呻吟之词

诉说着人性之影
光所至之处
阴影在沉默中谛听

风起之地

不再年轻的工人，只想守住那座厂房
守住严寒赋予的勇毅。运煤火车的轰鸣
献给祖国熔铸的铁，浓稠的黑色血液
青年是成群的大雁，扑往南方

劳动最光荣！锻造着钢的信念
我们流着泪水，欢欣鼓舞
长夜难明，凛冬的城市屹立
他们捡拾烟蒂，如一片倒伏的白杨

庄周

我在早晨洗脸
洗去眼角干涩的梦
微风轻拂。阳光明媚
林荫遮掩鸟鸣

镜子倒映着一对蝴蝶
你羽衣翩跹，从水中苏醒
窗外不时飞来鸟群，你说
这是无拘无束的灵魂

此刻万物生长
时节如流
而我却恍若隔世

深夜觅食记

走出校门，黑夜已如空洞的腔体
河边摆摊的小吃街人声鼎沸

穿过烧烤摊扑面的热气，依偎的情人
和卖生蚝的中年男人谈笑风生
微信扫码，支付着一天的疲惫
马路上的鸣笛声由远及近，友人呼唤着我

我逛着夜市，看着河边装饰的彩灯
支起的板凳。青年小伙打着扑克
肆意消磨着夜间空旷的时光
买夜宵的大学情侣牵着手
捧着吹凉的煎饼馃子，吃着豆腐串

从喧闹的河岸边，从人群间走过
我用随身的相机拍摄着众生相
在一张张照片里，我看到一张张
洋溢着幸福的笑脸

演出

当众人开始忙碌
你说，世界需要观众
季节的鼓点，一朵花的笑容
南北极消融的冰川
大海湛蓝的呼唤
或想象，或离合

语言

像一群海鸥，在陆地栖息
拾起一枚石子，驱赶
所有将至的荒谬

闹市中，该抛出一条怎样的曲线
才能绕过云层上的耳朵

它们倾听着……
它们睁着一双无知的眼
它们裹着语言潮湿的外衣

精卫

你不曾见过这只云雀
当太阳沉入湖底，生命的结点
循环往复。也许在云的右侧
四方的风涌入。黑暗深处
是黑暗，天空尽头仍是天空
干涸的黄昏，我未曾拥抱
辽阔如海洋的死亡，一粒渺小的生灵
一颗旋转的行星，一条银河
藏在我眼中的宇宙，真空中燃烧的奇点
我生于有，有生于无
一生二，二生三
三生万物
是岁月，抑或是满身尘土
夺走了天问？夺去了宿命般的忧思
祈祷的茫！将天地劈开的盘古
时代的年轮下，我衔起前人的石子
去填一座无垠的黑暗

回归诗歌的纯粹

　　我是一名〇〇后的诗歌爱好者，本次创作谈，我想谈的，是我的诗歌创作理念，同时也是对当下中文诗歌现状的一些看法。

　　基于当下，谈及诗歌其实是一件非常复杂的事，我还在源源不断地深化对诗歌的认识和学习。诗歌的天地很大：象征主义、超现实主义、表现主义、意象派、未来派、自白派、垮掉派等等。对此，我想谈谈自己对诗歌的看法，即"回归诗歌的纯粹"，我想在这片复杂的天地间寻找自己心中主观的纯粹诗意。同时，我也会谈及"外界读者与诗歌创作者之间的不同认识"，以及"诗歌创作者在创作上的不同认识"这两点。

　　首先，我想谈谈外界读者与诗歌创作者之间的不同认识。现在是大众传媒、万物互联的时代，人人都可以评价诗，人人都有自己的评价标准，人人都有较为局限的主观认识，许多时候会有不同意见，有时则会吵得不可开交。这里引用一下著名诗人西川老师谈诗歌的内容，外界读者对诗歌认识的来源与构成主要是：一、古代的唐诗宋词；二、受苏联影响下引入的积极浪漫主义诗歌；三、左翼文学；四、部分早期中国现代诗，比如朦胧诗。一些诗歌读者评判诗歌好坏的标准，大致是基于以上的认识出发的，而在当下，我认为这样的认识是局限的。这也在一定程度上，导致了部分读者与创作者的脱节。同时，一些读者对诗歌也存在着一定误解：一、一些读者会认为一定要押韵才是诗歌，其实并不是这样的，许多外国语言就无法押韵，但是一样存在诗歌。二、一些读者会认为诗歌一定要诗情画意才算诗歌，其实不是这样，许多诗歌反而需要跨越诗情画意。三、一些读者会认为诗歌一定需要语言精练，其实并不是这样，反例有许多，比如李白的《蜀道难》，洋洋洒洒，口若悬河，是一首很壮丽的诗歌。现实中的诗人，很难说不受到大众认知局限的影响，当然，这里并没有任何批判的意思。我想表达的是，在读者与诗歌创作者之间，应该发展成一种"共性间又存在着个性的美学认识"，应该建立起"相互促进的良性循环"，而这，正是值得我用一生去思考探索并付诸实践的事情。

　　然后，我想谈谈诗歌创作者在创作上的不同认识。关于中文诗歌的现状，基于"我对诗歌的个人认识"和"普世的美学理念"，主观地表达一下我自己的看法：一、我认为，当代中文诗歌发展良好，部分诗歌群体在尝试凝聚现代诗歌的基本共识。二、我理解但不太赞同停留于过去的陈旧美学观念的诗歌。三、我反对堆砌、滥用无意义的空洞意象，以各种修辞包装思想的浅显，然后从抽象化、复杂化的诗句中强行解读出微言大义的诗歌。这并不是诗歌，这是一种对诗歌语言的猥亵。四、我赞同先锋诗歌，我也会写作口语诗，但是，我反对一些违背基本美学的创新，反对一些"低端化"和"低俗化"的诗歌。这里的"低端化"，指用极度思想匮乏的语言，随便敲几下回车键分行，在无意义中强行引申出境界，将诗歌创作刻意低端化，低端化的重点在于"思想匮乏"，有思想的诗歌并不属于此列。这里的"低俗化"，指全诗背离了基本美学，全诗充斥着大量下三烂的语言和大量不文雅的词句刻意进行的低俗化创作，这里的重点为"刻意的低俗化创作"，诗歌本身需要一部分的低俗化语言除外。我们当然可以打破诗歌语言的神圣性，当然可以消解诗歌的严肃性，但是创作的列车不应该朝"低端化"和"低俗化"狂奔。一些创新过于极端，已经严重背离了绝大部分群众所能欣赏的阈值，这就不再属于创新了。

我觉得诗歌的价值是创作者与读者共同创造的，创作者创作出诗歌，而读者感受并解读诗歌，诗歌的价值便在创作与阅读中体现。诗歌不可能脱离创作者与读者这两者任意一个而独立存在，诗人与读者必定是共同创造诗歌价值缺一不可的两个主体。

在诗歌创作过程中，我也通过自媒体平台及社交软件，认识了许多在网络平台发表诗歌，拥有几万粉丝的〇〇后诗人，他们将诗歌与网络结合，写青年人的诗歌，收获青年人的喜爱。这些不再通过传统刊物而是通过平台发表诗歌的创作者们，自称"地下诗人"。他们的诗歌，在语言和形式上大胆创新，在与他们的交流中，我听到了许多有意思的见解，其中一位诗歌创作者"荒木林"认为："诗歌本身是无意识的，它所有的含义取决于读者所倾向的观察角度。"对于这个观点，我深表赞同，同时这个观点也深刻地影响了我的诗歌创作。诗歌本身是无意识的，因此，我的诗歌创作，就是在做一次回归诗歌本身的运动，即回归诗歌的纯粹。我的诗歌创作中，诗歌的技巧与文学通用的技巧，例如解构、跳跃等，首先服从于诗歌本身，好的技巧可以创造出诗意，但诗意本身不应该依附于技巧，如果把诗意比作溪流，那溪流的源泉应该是诗歌内核，而技巧只是托起溪流的河床和点缀溪流的野花。同时，正如上文所反对的那样，回归诗歌本身，拒绝无效而空洞的堆砌，从纯粹的语言中流淌出触动读者内心的诗意，诗歌语言应该从诗歌自身流出。

虽然诗歌的天地多样且复杂，但是无论是写作抒情诗、叙事诗、散文诗、史诗抑或是诗剧，我的诗歌创作都是在做回归诗歌本身的运动：它就应该是这样，它本身就在那里，而我的创作是使用纸和笔将它展现出来。

古东顺

男，六〇后。自小热爱文艺，尤热衷诗歌。广东省作家协会会员，广东省书法家协会会员，中国海关书法家美术家协会会员。惠州市作家协会会员，惠东县作家协会副主席。有部分作品在省市刊物发表。出版诗集《月光把最深的伤感照亮》。

在果园倾听一种鸟语

有人警告我
那个果园已经荒废了

从此，我就一直莫名其妙
不管是梦里梦外
一些魔幻的影子
在那个黑房子里
反复播放

我很想告诉一些亲近的人
我一直生活在繁华的城市里
不用担心我的生活
我只是偶尔迷失了方向

我的脚印
还有我一直绝对保密的
在我心里埋藏了千年的
一瓶酒消失了

今天早晨
我还是莫名其妙

出现在荒废了的果园
流着泪
倾听我爱人的谎言
但我却心甘情愿

《易经》浅析

一个人还没成为王
心中却生出了易
刀耕火种的荒野
是一群农夫
他们最高明的
就是不知道石块
变成了锄头

他们的世界只有
两块田地
那点可怜的食物
还有生儿育女

孔老夫子就是这么
一路走过来
他仁慈而委婉
他原本想施粥
可他的学生手里
只剩一粒粟

荒凉而饥饿

老夫子想念帝王
那一面面的旌旗
苍生跪拜一地

千万年了
黄河还在流
老夫子想不到
他释易的心思
只有一个流浪的乞丐最懂

新稻

很久远了
闻不出稻谷的味道
只是初夏
我读着叶赛宁的句子
心有了耕耘的冲动

我想着一个年代
和那些年代的女人
以为爱情
就是那些燕子的窝
却不承想
风雨吹打了什么

谁一直在沉默呢
那些与稻苗一起生长的稗子
我闻了，一种清香
它就不绝
轮回在我的耳旁

蘑菇

腐朽，埋了一半
那些青春的叶子
早已飞渡
你的拐杖
敲点着下沉的泥土

虫子在夜半
你搔着我的心
邻居却敲响我的门
我与他都莫名其妙

晨曦晾晒着湿衣
我正在擦拭
拐杖的兄弟
它长出了一朵
让我惊心的花朵

看你

水流向了高处
我只好抬头

只是半山的窗户
莫名地打开

更遥远的梅花
是心的影子吗？

今又重阳

夕阳
归鸦……

那曾经青葱的岁月
低低落在你窗台

泪水是最好的词句
谁吟诵呢

那些桑麻
早已花白

飞翔

洁白的信鸽
只有两根羽毛
可它躲在笼子里
只有偶尔的呜咕
让你想起春天

窗口有一个水井
还有一扇生锈的门
我不敢告诉你
那把铁锁的模样

可远的天
也翻滚着白的云
就像你的羽毛
还有不停的哨声

我独坐在一个影子下
——翻看老照片有感

水流声
可岁月无言
你只剩一个影子
飘在我心之涯

远去的，相对无言
那扇沉默的窗
一直没有打开

我听到你远去的脚步声
一种刺痛
让我在黑暗里
裂肺地嘶哑

月亮

遥远的混蒙
高原上，狼嗥叫
这时地平线很清冷
我居住着简陋木屋
只留一扇窗
我与月亮对白

月光光，照地方
童谣很清亮
可城市的车灯
彻底消灭了萤火虫
我只有在一个高台的角落
抚摸着我爱人的伤口

是的，从来没有人告诉我
不能对世俗敞开心口
孤独是黑暗的
可月色正在爬升

诗人

你站在左边
我站在右边
这是车站
给我们最好的空间

你向东
我向西
原本的誓言
只留下一行字
你居住的是一栋危楼

从此，你开始流浪
我却开始了酒祭
那些碎了的瓷片
也划开了我的掌心

掏空了地基

农夫，锄头
那片朴实的土地
风吹过了
只有狗尾草
闻着炊烟的味道

有一个人
他开始也戴着破烂的草帽
他在村子边浪游了三十年
只是有一天
他脚踢到了一块金砖
他趴下身子
紧紧抱住了
并扯下了草帽

从土地升向了天空
他是坐着空气去的
在那一簇星光里
他开始语无伦次
那鱼膘的肥大
比不上他的狂妄

只是，历史终究是有线索的
农民和土地
一直是一块地基
种植青菜和粮食
你掏空的不是良心
是犯罪而不自知

如果爱可以流浪

死门关
都开着一种花
那颜色绝不逊于你的冷

遥远的路途
风吹过水塘
有人拼命奔跑

光的速度
还有带伤的轮渡
谁在逃离

只有一点泪
一直没有滴落
它在谁心里流浪

无关痛痒

一棵树，被折断了枝丫
无关痛痒
一只狗，被打断了腿
无关痛痒
一个人，心缺了一角
无关痛痒

黑夜一直很宁静
只是谣言开始锋利
它收割着春天留下的藤蔓
还有一只甲壳虫样本

病床一张张摆开
针头扎进骨髓
我终于号啕大哭
但还是无关痛痒

我送你花朵吗

杨柳三月
三月剪刀
你头发还是青丝

言语很青涩
想说一句辞
可总是在码头

夜深了
我原本粗黑的胡须
开始花白

没有旅途了
可我还是爬上了列车
手中的花朵还没凋谢

人还是要有点理想

一片绝望的沙漠
只有一点点雨水
那仅存的一丝根须
覆盖的不是冰雪

你只是一个影子
在那没有窗纱的岁月
我透过一片落叶
停留在那个地方

会再一次飞翔吗
你手执着扇子
我已在沙漠的尽头
握紧了夕阳

窗的一角

乌黑的眼睛
潜伏在我心里
那夜刚好下了暴雨
屋檐下的一串椒
被淋湿

我推开窗
几片飞叶
正与蚂蚁细语

那远在天边的云朵
变幻莫测
我以为那就是你的唇语

针的飞旋

黑夜的帷幕
一层层
呼吸是一种奢望
那些雨洗过的台阶
印着多少鞋印

尘土，一直混沌
幼苗只剩一根须
夜的深处，猫头鹰
成了暗的眼睛

只是，生命
是一块坚硬的岩石
碎了，却被冶炼成
一根飞旋的针

草木亦有情

人非草木
可草木含着泪水
它用手擦
折弯了腰

雨落下
满尘世的泪滴
洗涤着叶子上的
污迹

高山之巅
有人绝望大喊
路的尽头
花草幸福地生长

绿洲

一种寂寞
是一朵空旷的花心
悬崖峭壁
只是刀的影子

你在尖利上舞蹈
手脚长满荆棘
可一丝温暖的风
扬起你一头秀发

悬崖下的枯枝

绝壁
一种可以偷生的草药
尘世病了
谁也爬不起来

黑暗的颜色
蝎子在爬行
它的毒针
正对着我的心口

可花
还是绽放
我的手和你的手
还在摩挲

窗口

一头牛
在半夜走失
包括它的脚印和哞叫

那深处的冷雨
冻得草席一卷再卷
我紧握着祖母干枯冰凉的手
和她那颤抖着的脉搏

牛真的被偷走了
我祖母是个寡妇
她有四个年幼的孩子

五十年前，我只十岁
可我清晰地记得
祖母的眼睛很空洞
她只紧盯着一口
小麻石砌筑的小窗

夕烟

弯头的影子
溪水很清澈
暮鼓只响了一声
群鸟便归了山林

暗地里
游动着一朵惊悚的花
闪烁的眼神
是传说中的鬼火

噩梦反复刺痛眼球
太阳还在东海沉睡
只有你承接着晨露
一把柴火
将冰凉的土墙烧得很温暖

大地的远方
我还是把你遗忘了吗?

梅花

旷野，狼嚎
雪花谁折了
灯红闪烁
只是一个角落
有一个人
诵的是一首唐诗

不知道
你眼角浮起的暖
穿透了冷的棘
我就蹲在
你欲开不开时

中秋月

地平线
圆的不是月光
而是谁的脸

火种

深幽里的寂寞
是一柄穿越的飞刀
它盯着你欲哭无泪的眼神
在一个没有梦的地方
下手

一种痛彻心扉的痛
不是伤口有多深

我想紧握你的手
可夜还是冰凉
那杯盏的冲动
我只是大醉了一晚

鸟儿很早就醒了
她们在梳妆打扮
我站在窗帘后
一线阳光，很温暖地照亮了我的嘴唇

流浪的水

不见你的背影，我独自流泪
记不得这是几秋
我还在那个地方停留

一个地方生了魔障
窗口很黑暗
只是有一个水井
深处隐藏着暗流

我照着水
岁月早已凋零
那雁行的啁啾
还是你当年的影子？

绝地

一朵花被摧残了
可她还在笑着
我不知道那些强暴的风雨
他们落脚在何处

你的头巾
挂在一棵枣树枝头
三更的露水
一直在滴落

是的，你凋谢了我的欢乐
黑暗里我寻着你的气息
爬行，我深深知道
前方是一道绝命的断崖

无花果

我读着《传习录》
鸟声却推开我的窗棂
风也开始
各种演绎

不知道
还有什么消息
我的心
竟不能平静

呵，一定是窗外的
那棵树
无花而果

我的父亲

1

"文革"的痛苦
让我小文人的父亲
变成一个酒鬼
小时我痛恨
他酒后的模样
曾发誓
我的生命
不会再有一滴酒

2

父亲总在醉里
骂着一些言语
我没听懂
但我知道
那是一个男人
欲哭不言的苦痛

3

村里的人都知道
我父亲的耿硬
宁卖血也不求人
可那年我要上学没钱
我的父亲
弓着腰
带我走了三十里路
借来了二十元

4

竹子开花
原以为这是美丽的花朵
可世界却静默了
那一年
我的父亲还是醉死
在我的胸前
从此，我也成了酒鬼样
的父亲

一颗游于万物时刻醒着的心

对于文学的热爱，源于学生时代的启蒙。我感谢在师范的几年读书生活：一是遇到了良师；二是有幸参加了学校图书馆和阅览室的管理工作，有机会接触到大量的书籍，阅读了大量的经典文学作品；三是我的学生时代正是改革开放初期，文化也得到了发展，各种报纸杂志纷纷出现，可谓前所未有的繁荣。

参加工作后，我全身心地投入教书育人，后有机缘进入深圳海关工作，疲于应付各种琐碎，慢慢地疏远了文学，尤其是疏远了诗歌。

我写诗和我写字一样，笔力不足。好在抒情。我写诗，往往是在心情极度落寞或在酒后的澎湃中，信笔落下，一笔定千秋，不计得失。真正的艺术大多是残缺的。我也想追求这种残缺美。

诗歌是用来记录生活和发掘生活之美的——现实的美和美的现实。"艺术来源于生活而高于生活"，作为艺术形式之一的诗歌更应如此。我想浅陋说下做文化事业的几个简单的问题：一、做文化一定要有准备牺牲的精神，耐得住、扛得住世俗的压力；二、要将自心修炼得足够强大；三、要有相当的战略和战术眼光，不要把自己的视线禁锢在一个小视角里。要有足够宽广的胸襟和足够多的与尘世周转角斗的能力。

我一直希望通过文字，保持一颗游于万物时刻醒着的心。在我看来，一首诗必须在短小处见真情，用真情感动人心，给人以鼓舞和激励，给人以美感，给人以无限遐想；一首诗必须是释放每一个人的天性，阐述着每个人在这个世界中的活法和挣扎中所获得的全新活力、渴望和热情。

人类所有的，包含暗物质，应该都是包容的，善意的。当你没有粮食，没有避雨的地方，我正好站在你身边，伸出我仅存的带点温度的手。良善应该是诗的核心。

条条道路通罗马。核心就是你要怀着美好的愿望，一直向前走。

吾平

四川南充人，现居海南。律师、诗人、中国诗歌学会会员、海南省作家协会会员。曾先后四次获得全国助残先进个人、全国法律援助先进个人、全国保护未成年人特殊贡献律师荣誉称号。著有诗集《猫先生》《孤独之光》《海南走笔》《桃源诗篇》四部。

光阴记

我静坐着
椰林听涛

这个上午
海风春日

我静坐着
便是雅苑

山居

一间小屋，水泥地面
一桌一椅，四白墙壁
一茶一猫，临窗而坐
置身某个角落，手捧
诗书，抵过所有繁华

生活之美

生活之美，在贫穷的日子里
在艰难的岁月里，从简生活

春色撩人，我独坐一本书中
感受这诗意万物，秘而不宣

一颗诗心

我喜欢打开一本书
词语醉醺醺地飘浮

诗情画意只是点缀
烟火油盐才是幸福

你的日子里盛开着玫瑰
我的日子有花茶酒飘香

冬日断章

1

这世界
哪有阳光不明亮？
真爱也一样

2

早晨起来，一切皆好
到后来才发现
想你，最美好

3

爱，最容易
也最难

4

还记得吗
所有的日子

梦是心跳的花朵

5

美发美容养颜
小心，因爱美
沦为为美挣扎的人

6

人全部痛苦的来源在于不知足

7

本来无一诗
因何两相宜
请不必说了

8

走一条路

写一首诗
爱一个人

9

你没有方向
就不会迷失方向
因此而美好

10

日月星辰
没有契约关系
有《道德经》为证

11

没有山盟，懂你即是万水千山
没有海誓，见你抵过万言千语

12

相信诗歌

学会生活

天地良心

如花似锦

慵懒的猫

慵懒的猫
喜欢金色的阳光
喜欢和阳光嬉戏
我抚摸它身体的时候
温暖而惬意

想出现就出现
想睡就睡一天
跳跃在屋顶的瓦片上时
猫步履轻盈，舞姿优美
有时候蜷缩在沙发角落
像一条鱼一样淡漠

太阳下山了
黑夜成了我的眼睛
猫的瞳孔缩成了一条缝
安静地观察着这个世界

当眼睛里的星辰大海映着黑夜
猫慢慢地闭了眼

长辫姑娘

从一号桥到九眼桥
乘坐公交车，忘记带零钱
一路上忐忑不安

只见第一排
一个十八九岁的长辫姑娘说：
"上车的买票，下车的做好准备。"

这声音
就像母亲叫我起床
很纯粹、很有爱的感觉

快到站了
我满脸通红地告诉她：
"我忘带钱了。"

我没敢看她一眼
只听她说了一声：
"我给你补上，记得下次坐车还给我。"

后来，我多少次

去寻找，只可惜没再见
这个长辫子姑娘

致二弟李武斌

在海之南的北方
有我蜀地的故乡漆树湾
我们的童年
最光荣的事情莫过于为妈妈分忧
难忘和二弟抬水
一根长扁担，一只大水桶
那天下了一场雨
抬起水来左右晃
跌倒路上满身泥

没有一起抬过水
没有一起摸过鱼
没有一起挨过打
没有一起偷过懒
如何算得亲兄弟

昨夜做了一个梦
我和二弟回到漆树湾
妈妈手牵着妹妹和小弟
坐在祖屋的大门前
看着我和二弟抬回的水

笑而不语

兄弟，兄弟
苦也是乐的兄弟
同吃一口井水长大的兄弟

早安，五指山

这杯五指山茶，在八十度的水温下，仅仅八秒，还原
　　绿色的味道，淡淡的清香扑鼻……它不会辜负你。
天边的日出，小鸟们叽叽喳喳叫个不停，它们在互相
　　交流、求偶或在呼叫同伴。
人活着真的不容易，品茶也是一种修行……吾心安归
　　处在海南。

祝愿

这个国庆的早上
晨曦微露，道路干净

我漫游在美俗路
两旁的五星红旗迎风起舞

一位可敬的环卫工人
你的微笑减弱了我的悲伤

沉默

在沉默中保持尊严
在尊严中保持沉默

对话

有人说，恶魔的悲鸣
甜美如天籁！

为什么爱的颂赞
却如此凄怆？

读苏轼

我诵读苏轼的文集
飘香接地气的妙语

字字珠玑践行人生
句句戳心都是代价

诗情画意天然合成
柴米油盐人间烟火

种树记

椰子树，百香果，芒果
买下果苗各两株
在妈妈的小菜园
种下这六株果苗

每当我想妈妈的时候
都要来到这个小菜园
四年前妈妈也曾来过
说要种漆树湾的菜籽

这个小小的菜园啊
像我的心一样荒芜
留给我无尽的遗憾
种树，种下我心愿

椰子香就像妈妈的乳汁
百香果像妈妈煮的鸡蛋
结下的芒果就是我
给妈妈的供奉之果

新港记忆

那天他第一次到海边
海浪拍打着他的心
直到黄昏将要来临
也未曾遇见一个熟人

偶尔一阵清凉之风
仿佛听见海上传来的
一个声音："等"

三十年后的今天
他又来到曾经的海边
沙滩变成了高端住宅区

这人来人往的码头
再也听不到海上传来
"等"的美妙旋律

也许再过三百年
大海在，海风春日在
留下椰林听涛的传说

路过潭牛花海

牛儿头顶一片蓝天
小鸟歇息在牛背上
飘荡着绿草的清香

看开了，花为谁开
看淡了，心花如海
何时不是春暖花开

自勉诗

身为律师，认真负责的专业服务
一颗同情的心，如同天上的云朵

空闲时间，读书、写作。偶尔
邀上三五好友，喝茶、聊个天

热爱生活，做自己喜欢的事情
把心安顿好，留一片静谧的天空

我的诗歌情缘

我为什么要写诗呢？如果说律师是我的人生梦想，也是我的本分；诗歌则是我人生的思考，也是我灵魂的寄托、心灵之歌。我做律师多年，办案数千件，记忆最深刻的是为弱势群体维权。律师之眼看世界，人性的光辉与丑恶；看人生的成败，相信美好在未来。

我尝试以灵魂之诗的方式来记录（这些现实的案例并适合以新闻的形式），是因为我相信真善美是社会文明进步与唤起人们良知的最美之声。毕竟，文字是人类存在的活证据。

我这些文字尽量做到真实（包括情感），让现实生活中与我一样的普通人可以看懂。幸有我的好朋友、诗人游天杰对我写诗创作一直持支持态度，也增加了一份我坚持的理由。

一、遇见诗，起于缘

我写诗，我想是因为其中纯粹的快乐。这快乐像一只猫，即便孤独有时，却也可借独坐思考去发现生活的美。

爱上诗，是因为相信诗能给人以美好的感受。在辛劳的工作、生活与学习之余，在一首小诗中暂时歇脚，独享一份属于自己的回忆、感动与对美好的向往。关于诗人与诗，我个人有以下感受与体验：

我相信自己看世界的眼光，理想自有心灵来守护；我也相信心灵的救赎，诗意可以予心以指引。

假如没有《诗经》和唐诗宋词，谁还曾记得中华文明之根；假如没有屈原、陶渊明、李白、杜甫和苏轼，谁能发现花草酒味的平常之美。诗歌乃发现真善美的心灯，于我是十分美妙与神圣的存在。我喜欢通过《诗经》来感受生活之美，而唐诗作为中华文明的古诗创作高峰，仍具有非常高的阅读与学习价值。我尤其喜欢苏东坡，有才有情又接地气，诗如其人。

二、新的时代，旧的诗歌梦想

我做律师已二十余年。在读法律的学生时代，也曾写过校园诗歌，还曾和几个同学一起办过几期校园小诗刊《足迹》。1988 年 3 月至 1989 年 2 月，参加学习并结业于鲁迅文学院文学高级班。在改革开放快速发展的 20 世纪 90 年代，我通过了全国律师资格考试。1994 年，我从四川某央企辞职下海，到海南经济特区做执业律师，至今一直身体力行地追逐着自己的律师梦，坚持公平正义、惩恶扬善的基本原则，为百姓和弱势群体提供法律帮助与服务，也先后多次荣获全国及省市等先进个人荣誉称号。

在二十余年的办案过程中，我一直心怀感恩，相信法治的天空有正义，人间也有真情在。自 2012 年开始，尤其是近两年来，国内读诗、写诗的人越来越多，我也算是其中的一员。遇到一些特别或者典型的案件，我会写办案心得体会，偶尔也会写上几句分行。

随着中国新时代的到来，诗歌的春天也必将紧随其后。千百年来，中华文明的史卷之中从来不乏诗意，也不乏具有中国气派的、大情怀的、伟大的诗人和不朽的诗歌。我作为一名普通的中国人，有幸相逢并参与进这个中国新时代当中。正如我的诗歌《诗之铭》所书："我手捧《诗经》行跪拜之礼／向每一个热爱诗歌的人致敬／我也拿起纸笔或者键盘／用心敲打一字一句／献给所有人／不负众望地脱离庸常／前赴后继／不枉古今圣贤的一字一句／即使不能流传千古／我也要把自己的心灵刻满／用这不能再纯粹的诗。"

肺腑之言，是为创作谈。

黄小红

八〇后，河源人，现居惠东，教师，诗歌爱好者，儿童阅读推广人。热爱自然，喜欢写作，文学创作追求灵秀纯真。

和平理发店

走进平楼
依旧是年少时的痕迹
一把剃刀
两张椅子
打刀布上刮出了年轮
年轻小伙已成白头大师

五元钱的烟火气
二十年的老手艺
顶上功夫不负年华
追求不朽
每个人　都能成为
头等的艺术品

坐上拖拉机突突向前

"突突突"
这是令人兴奋的发动机声响
准备——
在剧烈的晃动中
奋力攀住
爬上拖斗

"突突突"
这是载着希望的巨大摇篮
向前——
在山野的另一头
满怀期待
撷取果实

手扶扭摆不定的车头
今天我载你一程
明天你捎我一站
笑意写在脸上
目光炯炯
新一天的阳光
正好来到孩子面前

老虎山上的映山红

它有一个威武的靠山
敢肆意在五月
铺满坡面
绚丽绽放

它的生命之光
火得让路人心潮澎湃
红得孩童来不及退想

没有勇气的青春
是不会结果的
终于
老虎山的神秘山门
被一双双小手调皮地推开
采摘嫩粉、嫣红
自由奔跑
吮吸阳光下甜蜜的花汁
笑脸与老虎山一般烂漫

听——
花间的蜜蜂嗡嗡

正酿着又香又甜的蜜

看——
山花深处一片栗子林
正闪耀着毛茸茸的绿光

噢——
是这座山的风
才能吹醒这山里的花
是这座山的人
在坚守劳动的收获

村口

一个张望
一个喊娘
一个回头
一个说走
山海星辰
都在远方招手

解下行囊
满上一碗温黄酒
倒出一抔故乡土
熟悉的清香沁人心脾

从冷月清辉中出走
直到晨曦
一束炙热的光
照进荒芜的心房

熟悉的竹林
热闹的田间地头
比一切华丽都舒适温柔

归来

夜幕就要降临
归夜的呐喊渐渐响起
厅厦的热闹
与傍晚的宁静是一对密友

这是一个山村
小时候
听到的美丽谎言
像一首首动听的歌

山上有猛虎
山下有竹鼠
长坑有山猪
田边有野兔
水中有怪物

这正是长辈们最浅显的教导
野娃们都知道
平安归来最重要

老虎山上果香飘溢

山脚下竹林萧萧

房前屋后

是一方方、一层层的梯田

孩子们跑跳的身影

无处不在

爬上树头一跃而下

水纹荡漾中

钻出一张张水淋淋的脸······

归来咯

归来——

在厅厦堂前

虔诚的呼唤此起彼伏

美丽的等待

小时候
我不明白妈妈扬起的鞭子
为什么总是轻柔地落下
奶奶提醒我：
阿妹，要懂事

小时候
我不明白邻居的眼睛
为什么总是苍白
妈妈告诉我：
阿妹，要争气

小时候
我不明白
为什么每一只鸡、一头猪
都比我神气
爸爸叮嘱我：
阿妹，要独立

小时候
我不明白

为什么隔壁阿妹阿弟住在县里
而我们却打着二十米的井
走着几座山的路
盼望看一眼山那边的星星

无数次
我下定决心要翻过大山
和小伙伴穿过田埂，蹚过小河
也曾骑着单车
跳上拖拉机
钻进大货车……
然而
当我朝着无比向往的城里靠近时
总被大人们的担惊受怕拉回

失望与不甘
怒吼与痛哭
一次次压制诱惑
一次次浇灭希望

不，我绝不罢休

妈妈说：

阿妹，你要努力

不是玩世不恭

不是无知冒险

是要打开眼睛

充实头脑

在山的另一边

会有你的天地

是的！

山的另一边是一座城

几座城

我终于明白

女儿是父母的宝

梦想是心里的光

孩时的等待

是现在的满足

爱在西坑

你听
微风从耳际拂过
你看
细流从脚下溜走
有时
记忆在脑海舒展
而你
常在我心中停留

乡情

将有客来
匆匆坐上摩的
一声："阿哥，我要去买桃子。"

载到集市
一摸口袋
手机没带

"我带了，走，扫码去。"

买了桃
我问："阿哥，您见过我？"
"没。年轻人出门在外，少见！"
的确少见

老乡，等我一会儿

一个黎明的呼唤

风吹动着帘子
以为是你来时的步履
光溜进了门缝
又来到我的床前
我欣喜
以为你不忍离去
是谁，敲开了窗子？
又是谁，拧松了香水瓶？

不一会儿，传来重重的马达声
江河溪流都被震醒
山影花容都已梦碎

我听到呼唤
那是弯月跨过山河又来到屋顶
叫醒沉睡的梦里人：
你是自己
你不曾失去什么

相思豆

我是一颗豆
一颗相思豆
不知从何时起
我变得起伏不定
枝叶总随它摇曳
思绪也随它更迭起落

不知从何时起
我无缘由失措感伤
在那片沃土
撒下一把朦胧的胚芽

在冰冷的冬夜
望春
一天天
抽枝新叶，朗日沐浴
待苞满绽放
终得相厮守

却是无感能动
陷于困挫

内心焦灼
只留下夜里的黯然泪痕

我在枝头呼唤
你的一次回眸
我在月下期盼
愿你温柔采撷
终于，在这一天
惊动月老善心情牵

豆
甜蜜的
熟透的
终将撒种于心田

错

如同一只装满水的气球
脆弱柔软
无须戳破
可以扎　可以捏
但决不能
放手掉落
爆破——

不要玻璃罩的防护
更不用蜜糖再次包扎
只要
立即让开
还我一个世界

伤忆

微云　鸟树
栏杆　矮屋
涟漪轻起
月影辉映
处处有意

冷霜清风
冻伤了绿丝
吹干了殷红
夜夜空叹长情
月月平添青丝

永远

三道闪电
同时在对面的山头炸裂
只为击破这坚固的谎言

迷途知返

月是忙碌善良的女神
总是陪伴独影离落的你
只有她知道
迷途忘返的你
不曾驻足欣赏
在花间嬉戏的蜂蝶
还有
在波心翩跹的鸥鸟
更不曾听到
石缝中的涓涓细流
山林里的丝丝密语

出走的羞涩和坚定
都未能牢牢握住青春的信仰
遗失的美好
正好敲醒了脊梁

找寻一朵花开的悸动
聆听心灵的泉水叮咚
有一个声音
不会轻易遗忘

有一个拥抱
随时毫不犹豫地张开

拥抱余晖的温情
退一步迈向来时太阳升起的地方
那一定是日光不懈的指引
和无条件的爱的力量

石头会唱歌

溪河流淌
带着豪迈的欢笑
叫醒沿途的野花绿蕉
岸边几块大石板
在太阳底下
扬扬得意
没有谁能比它们更熟悉
农户锄头铁耙上的泥土清香
和老少中青衣领间的酸辛

岁月轻拂过每一条河流
河石也有记忆
谁的娃淘气
谁的瓜豆盈实
还有红白大小新旧事
……
滔滔清流哗哗东去
跟我们一同唱着成长的歌谣

又是稻子金黄时
我们坐在田埂上聆听流水淙淙

河已成溪

鹅卵浅滩点缀摇曳的波光

一群群水鸭逆流而上

在石缝中啄食嬉戏

精致的石头

唱出美丽动人的歌声

流水用深情

把歌声带进了

农田菜地

屋里屋外

人们靠智慧

依着水

迎来生命

也送走岁月

摘下那朵玫瑰花

欣喜地
我摘下了一朵玫瑰花
叶儿盈盈的绿
瓣儿浓浓的红
味儿幽幽的香

着迷地
我握紧了这朵玫瑰花
掌心日渐刺痛
芳馨默默淡忘
等待显得漫长

一天，两天，三天
……

如愿地
我摘下了那朵玫瑰花
一如最初的选择

最美

一座城
又一座城
星罗棋布
就在
吻下去的时间
仰望星汉灿烂

秋盼

又来了
清晨孩童们的喜悦
来自摇落满地的红芭乐
还有那满山坡
开了嘴的带壳栗子

走近了
是香溢满山的秋风
从溪水东头
笑盈盈登上墟口

矮墙上开着牵牛花

我们的身体第一次

贴得这么紧

温暖的阳光

落在墙壁

又晕满藤蔓

还有那紫色的幸福

这一刻

那么相衬

初夏凤凰

风中摇曳
是团团火红
晕染了树影
召唤了夏虫

来一阵风吧
再走一场雨
耕读的青春就要同凤凰一道
绚丽绽放！

平淡和美好，只差一首诗的距离

诗歌，离不开诗情画意，也少不了节奏音韵。一首好诗，总会让人过目难忘，纵情吟咏。依我看，优秀诗人的过人之处便是言短景美情深。诚然，当你一脸陶醉，在花树山海中闲庭信步时，总少不了有人说是闲人作诗无病呻吟。这不能全说是旁人心高气傲，该是所写之诗未能扣动他们心弦或引起共鸣，但对于写诗的人而言，这多少也是一种敲打和鞭策。

我曾想，向来追慕的诗豪大家、身边出众的文人诗友定是心灵捕手。他们似乎懂得每一个人的心，眼眸子一转，文思泉涌，好诗信手拈来。作为凡人诗者，打磨诗句是常态。最早写诗时，个人听信于自由散漫，偶得一句，就随意搭在小诗本里，一躺千日。慢慢地写得多了，才恍悟诗句里"诗境""诗感""诗情"举足轻重，并没有那么多一蹴而就和偶然天成。于是，放慢脚步，我的心也跟着平静下来。

将诗代语，聊写衷肠。诗，于我而言，就是把粗糙变得精致、把波涛带入深海、把单调写成诗意……我喜欢诗歌简练的文字，充沛的情感。诗更有一种透视的美，三言两语便能直击内心，像是找到一位知己，甚至会窃喜幸运相遇。

曾经，诗是写给自己的。写诗是我成长中的一个小秘密，诗中隐藏着各种不便明喻的喜怒哀乐，生怕被读懂看穿，所以仅是独自留存便心生欢喜。如今，我轻快地敲下键盘，正为自己的诗歌代言。我想用更多的诗，写生活诗情，写心声思绪，写一切美。在尘世喧嚣之中写一首诗歌，保持几分天真烂漫，即使与恶对抗也能从容柔软地面对。诗语也能如大海般深沉，当文字让我们安心静气的时候，连苦愁哀怒都有了沉静和谐之美。

过去的竹林涛涛，溪水潺潺，滋养了童真纯净的心灵。现在忙碌的快节奏生活，让许多原本精灵般的男女都经营着一个个生锈的故事。做一个生活的有心人，重新找回天真和好奇，与自然对话，与另一个自己较量。我个人的选诗多取材于乡村，那里是诗兴不竭的源泉。村里有接地气的人和事，还有灵气十足的田园景致。往竹林边一站，新农村的气息带给我们无限遐想——孩童的憧憬、成长的思考，都曾是一股不竭的力量。习惯写诗，这是一种满足。敲定一行行诗句，由此生出的内心撼动、精神愉悦之美感无可替代。别人在不在读，爱不爱读，都不会让它更出彩。

"种杏栽桃拟待花"，写什么都不要停下读万卷书的脚步，体察和美温静的平淡，继续用诗情画意写成内心的歌声，唱出自由旋律，在诗意的青春里跳脱、驰骋。

徐中哲

八〇后，号函庐，砚函山房，丹麓书社社长，广东省书法家协会会员，深圳市书法院专职书法家、创作员，深圳宣和书社成员，中国硬笔书法协会会员，惠州市青年书法家协会副主席，惠州市惠城区青年书法家协会副主席，中国佛像印艺术研究中心副研究员。曾任职深圳市书法院培训部主任，第三届中华好书法全国中小学师生书法大赛评委。

春

起风了，细雨而至
一片青苔拉开序幕
勒杜鹃花
悄然落在一片天胡荽上
接着黄鹌菜，黄花开了
紧接着酢浆草，红花开了

我的内心蹦出来一只猫头鹰

我的内心蹦出来一只猫头鹰
仿佛过去的年月
瓦砾的屋顶打开过几扇天窗

天以外的世界，所到之处
我逾越不了木麻黄
甚至迈不开桃金娘的酒香

老屋门前有一口老水缸
夜深了，趁着风
我吐出来一瓢的桃金娘
还像猫头鹰一样落脚在木麻黄，睁大着双眼

一首不羁的诗

我在钢琴键上
敲了一首不羁的诗
音乐国度的歌颂者拒绝了我
不为我歌唱

我穿过艳山姜丛和蒲桃林海
寻找夜莺
黄昏，山海肃静，孤独的我
心似落日

这是一首不羁的诗，随心所欲
诗如怪兽
自为牝牡，自我欢爱
孕育出一个装着白云的茧

五月的夜又是酒

五月的夜又是酒
酒让声音起了褶皱

我们还在手机里
互道晚安

我借荔枝梗
摆一场龙船渡
用食指来回拨动
努力发声

宠物的摇篮

女孩的T恤衫上向日葵少了一片花瓣
她说，花瓣是花仙子的魔法棒
向日葵还会在电梯里秘密生长
她说，一颗葵花子是绿巨人的一只眼
绿巨人在夜里借着无数眼睛堆砌堡垒城墙
花仙子手执魔法棒驯服一切的怪兽作为宠物被领养
家是城堡，电梯是宠物的摇篮

图书馆借的书该还了

图书馆借的书该还了
我抱着书穿过广场
看一看木槿花，听一听夏蝉鸣
来了恰遇闭馆

保安侧目而视
余光瞄向墙上的作息时间
他不吱声，手中的报纸抖出几声慵懒

我抱着书又穿过广场
看一看木槿花，听一听夏蝉鸣

黑洞

我从梦中醒来，打开手机
屏幕更换成宇宙空间
我在黑洞旋涡里

时间的边缘有一行字：
宇宙始于何时，终于何时？

银河系漫游指南，流星降落河床站台
我在一个接一个的星座轮转
被拉长成橡皮，被压缩成海绵
最终成为一个虚设的点

一坛陈酒

仿佛看见木头的年轮

里里外外地旋转，如陀螺一样

这是一坛陈酒

在禁锢里发酵

在揭坛时生香

只有喝上一口

才明白本色如此

白眼

八大山人的鸟给个白眼

纪弦给个白眼

我拉开一扇窗给乌云一个白眼

尘埃显在弱光里

画册和诗集在地

一对旧皮鞋被遗忘在长出苔藓的墙底

七月如期而至

七月如期而至
七月的便当里
现切的水果，有红、黄和绿
泡芙流心有麻薯和红桃浆
凿石过后，读诗过后
当我醒来
在大雨滂沱时分
龚一的古琴曲还在循环
猫依偎在我的身旁

在诗里

这个世界
厚重的土地
掩埋了我一遍又一遍
它让我学会像蚯蚓一样呼吸
匍匐在泥穴里
有时不动，有时冲动

吱吱和啾啾

在天台，我挪开兰和竹给蚂蚁让路
花园里有两个男孩因滑板车而争吵
"你耍赖，这次应该我先来"
楼下的小女孩又一次受训斥
"差一分也不应该！"
男孩和女孩都没有哭
白玉兰枝丫闪着光
灰鹊，来了去，去了又来
歌喉亮开了，远的，近的
一唱一和，转音之间
有一声吱吱和啾啾

致青年油画家卢伟旋

笔记本上的空白格

堆起一个个干草垛

风一吹有几根稻草飞上天

乌云也就散了

盼不来一场雨

倒是落了一心头的柳絮

你也不来了，昨夜你的一个电话有花粉

发酵了十来年，酿成一杯松花酒

我读了一夜的印象派画册

我从莫奈走到凡·高用了整整一夜

写诗之年

写诗之年
我在走过的每一个角落
拾掇枯枝和稗穗

造一方土窑
安放好自己

双手合十
摩擦每一根枯枝取火
用空心砖砌上窑门

我抓一把一把的稗子
往身上浇
往火上浇

在银海枣树下读诗

在银海枣树下读诗
蒲葵丛里有黑蝴蝶
香樟木上有白头翁
我来得不是时候
仲夏的天空突然下雨
黑蝴蝶飞走了，白头翁飞走了
我看见雨滴在空白处注释诗句
我听到了诗和水在铜版纸的同一叶肺里呼吸

秋天的等待

许多虚度的时光

像毛毛虫吞噬着绿叶

臣服于玫瑰花的刺

你给了我一个吻

我为你消瘦，为你写诗

我们曾经长夜厮守

一个在镜里

一个在镜外

采折了一山的野花

萎谢了，就葬在尘土里

我等来了风

吹落了一地的黄叶

我望穿一江秋水

等来了一纸的谎言

铜铃铛

车开到了山巅
有一户人家，两块梯田
门口的树很老
油菜花也很老
满山的橘子掉落满山
我在厚重的泥土里
捡起一枚铜铃铛

如果，她是凡·高

"我不是凡·高，她是凡·高"
凡·高是一个长发及腰的女人

我坐在她的画架前，画布上是《阿尔的红色葡萄园》
矮木几摆放一株向日葵，花瓣落在丝绸上
敲响南国正午的太阳，光芒推开一页纱窗

她用玫瑰红的手指挡住了我的苍白的唇
窗外的脚步声已走远
我的舌尖追逐着玫瑰花的清香
仿佛看见《罗纳河上的星空》

我们驾一马车，备好鲜花和凡·高小姐的画
我们经过多德雷赫特附近的磨坊和博里纳日的煤矿
我们经过法国南部的田野
一起去看乌鸦群飞的麦田
然后回到荷兰的咖啡馆办一天的画展

如果，她是凡·高

老了的树

老了的树
皮单薄地围绕一圈空心
把所有的过往都掏空

我和飞鸟、太阳捉迷藏
太阳迈着长腿向西渐行越远
飞鸟觅得一颗野果向东遁入群山，而我
心安地潜伏在你的心脏

我打开你的年轮日志
你结的痂抽丝剥茧
重点标识的文字
有一种久别重逢的预感
一棵寄生树在疮里长
抑或，是你冒出的个头
一眼又是一世

找一片绿荫

找一片绿荫
读诗给满月的儿子听
读到阳光明媚
读到鸡蛋花落下
读到遛娃的大妈说：
再见

有木麻黄的地方

有木麻黄的地方就有我对祖父的思念

木麻黄是妈港的海岸线
田园和大海之间都是连着筋的
一边是淡水，一边是海水
祖父是农民也是渔民
海风是褶皱的，是他苍老的面孔带着大海的忧郁
就好像他的斗笠上摇曳的芦苇花
倔强地枯萎

他的一生始终没有离开过田园和大海

我接受了
淹没在自己体内的平庸的一切
可当我爬上妈港堤坝，我也会迷恋大海的忧郁
这致命的蓝色调，在平静里沉沦，在流淌里奔涌
有木麻黄的地方就是我的故乡，大海就是我的故乡

水中云

小时候找蝌蚪
云在池塘里
"小蝌蚪找妈妈"
"我有妈妈，妈妈在烧香拜佛"
小伙说棉花糖是云

我们在桥头拥抱
云在荷塘里
你的唇如云
你胴体如云
你羞涩如云

带女儿到美术馆看展
云在画里
女儿说笔所未到是云

携母亲登山礼拜
云在长河里
母亲说人生如驹，白驹如云

油柑子

在百丈岭峭壁听瀑
油柑树上落下来的
不是油柑果
是一只蜘蛛
它在黑色里剪开一个小口
掏出一根丝线
打了一个结再一个结

瀑布鼓点
一槌一槌
敲开了油柑树的花
一夜之间，花开花落
一夜之间，油柑子熟了

飞鱼

飞鱼死在沙滩

折断了一对翅膀

我开始在沙滩上

画流星也画飞鱼

画的流星是飞鱼，飞鱼是流星

然后送它回归大海

我和海对抗几个回合

直到它沉入海底

有人说，你这是徒劳

多年以后我再次看见流星飞过

拉伸得很长很长

仿佛一对翅膀挥舞着彩带，在夜空中

照亮我的梦

春天刚好

和儿子挤在同一个婴儿盆里洗澡
想起你的生日
你一头乌发戏剧地被包裹着一块尿片
我的内心有一点好笑，又有一点感动
你一身的婴儿香，红扑扑的脸蛋和现在一样
我们握手，和现在一样
春天刚好，你的到来刚好
他们都在说你像我
和饼印一样

金沙牛

以牛角尖向往最深处
如锥子画沙

象鼻虫

仰起高贵的头颅
积极向上

一杯姜茶

耀来和尚开荒
种下一片姜

一杯姜茶
可暖山风

民谣

民谣这东西
就是个浑蛋
给伤口添一把盐
像蜜蜂沾了一身花粉
拍拍屁股就远走高飞了

民谣就是
一个多情的浪子
电影还没落幕
姑娘就丢了

木麻黄的吻

村里来了一个外省的姑娘
一双乳房像破壳的小鸡
我怀揣野心领她到木麻黄树林腹地

在清湖边采摘白雏菊编织成花环
看小黄狗追逐初生的牛犊
抓几只蚂蚱拴在秋千上
一起并肩，一起摇荡

一不小心我们落进芦苇丛里
一个吻突然撞到我的脸颊
火辣辣地燃烧
沸腾了一清湖的水
烫红了一对野鸭的嘴

写诗之年

　　我并不热爱写诗，不写诗时，我会走进图书馆，兴之所至我首先会寻找诗集，然后找一个角落打开木心，有时是济慈，有时是博尔赫斯。由于阅读疲劳，我也经常忘记图书到期归还的时间，这时候也会自我调侃，写了《图书馆借的书该还了》。我不是一个真正的诗人，诗歌也不是我生活的全部。

　　写诗有时候是很沮丧的事情，《在诗里》和《写诗之年》，是自我蹂躏、自我博弈的过程，但我输得一塌糊涂时，我又似乎听到诗魂在召唤，仿佛拥有故乡魂魄的木麻黄在妈港的海岸线上对我招手。

　　让我重新拿起笔写诗，是对故土的依赖，但木麻黄入诗里时，这种症结才打开，血液才循环起来，因此写了《有木麻黄的地方》，写了《我的内心蹦出一只猫头鹰》。

　　妈港是我的出生地，它是小乡村的一个港口，这里生长木麻黄，木麻黄如同我的出生证和烙印一样。

妈港一边是淡水，一边是海水。这里的生活环境比较闭塞，村里常有人家往城镇搬迁。本来阅读是一件奢侈的事情，但我是幸运的，偶尔会在搬迁户的废品堆里发现书籍，就这样子读了《冰心诗集》和《艾青诗选》，"哪一颗星没有光？哪一朵花没有香？哪一次我的思潮里没有你波涛的清响？""为什么我的眼里常含泪水？因为我对这土地爱得深沉。"这些诗句有如花开始种在我的心里。

中学时期，我成为学校图书馆的常客，开始读徐志摩、海子和顾城，对阅读的渴望，让我开始尝试模仿写诗歌形式的短句。这个阶段算是我开始写诗的启蒙期。

在平淡无奇的日子、在封闭沉浸的岁月里，有时候我会渴望成为一个歌颂者。我为爱写诗，写下了《秋天的等待》："许多虚度的时光，像毛毛虫吞噬着绿叶，臣服于玫瑰花的刺，你给了我一个吻，我为你消瘦，为你写诗。"我为真挚的友谊写诗，比如《致青年油画家卢伟旋》："昨夜你的一个电话有花粉，发酵了十来年，酿成一杯松花酒。我读了一夜的印象派画册，我从莫奈走到凡·高用了整整一夜。"我为无聊的日子写诗，写了《五月的夜又是酒》："五月的夜又是酒，酒让声音起了褶皱。我们还在手机里，互道晚安。"

疲于工作和对艺术的追求，写诗的数量在减少，几度耽搁了，更不敢自称诗人了。许多时日，许多的诗我是读不懂的。诗歌对我来说是神秘的，甚至有点怪异，比如我写了《这是一首不羁的诗》："诗如怪兽，自为牝牡，自我欢爱，孕育出一个装着白云的茧。"

我的许多读诗和写诗的日子，在走着，守着，又纠结，然后自我博弈。

我只是一个诗意的搬运工

诗歌像一只扑朔迷离的蝴蝶。捕捉诗意就像捕蝶一样，快乐，轻盈，也充满未知。我们在诗歌中捕捉那最美的诗意。这也是我为这本诗集取名《捕蝶记》的原因。我希望我们可以在诗中使灵魂得到片刻休憩。

面对的生命课题，每个诗人都有自己的表达方式。在《捕蝶记》这本诗集中，吴子璇、张隽、施维、静山、朱柱峰、刘杏红、树懂、张乐恒、古东顺、吾平、黄小红、徐中哲，这十二位诗人的诗歌，各有千秋，各具特色。他们的诗歌都忠于自己的感觉，将视觉感受具象化，太阳、月亮、大海、树木、花、草、果实、虫、小鸟等自然风景都带有图画般鲜亮的视觉。这里面的每一首诗，都是经一次又一次的蝶变而成的。作为读者，有幸读到这样的诗，内心中那种柳暗花明的愉悦感是无法言喻的。

我们在编选过程中精益求精，这些作品有一个共性，那就是准确捕捉现实生活中闪光的美。这些诗歌，有的像阳光照耀一般令人通透，有的像江水奔流一般让人释怀。读之，能从中体会人生的美妙和智慧，具有启发意义。

叙利亚诗人阿多尼斯曾讲过一个故事：有一次，他在伊朗的设拉子拜谒大诗人哈菲兹的墓园，看到农民们、孩子们把鲜花敬献在诗人的墓前，还跪下来亲吻墓碑，仿佛已故诗人能够解决他们人生中的所有问题一样。我相信这就是诗歌永恒的力量。

在这本诗集里，诗人们用他们的思想和语言之美，共同打造了一个诗意的王国，这里有爱，有真，有美。而我只是一个诗意的搬运工，愿带领读者们共同抵达梦之彼岸。

每日读诗，我们可以感受诗人们的自省和对生活的观照，收获一刻属于自己的惬意、静谧时光。最后，我希望读者们能够喜欢我们编选的这本诗集。

游天杰

2023 年 8 月 6 日